KB117778

잔잔하게 흘러가는 동안에도

박혜숙

작가의 말

제목은 단순하고 단단해야 된다고 생각했다. 기교나 포장 없이 순수하게 말하고 싶은 것, 그럼에도 그 깊이는 흔들림 없이 단단한 것, 내 마음이 그래야 했다. 그래서 내가 사랑하는 사람들의 사연을 담았다. 처음 내게 이번엔 작가님 본인의 이야기를 써주시면 어떨까요, 라는 질문을 받았을 때부터 내 이야기는 시작되었고 어쩔 수 없이 떼어낼 수 없는 내 사람들까지도. 나와 내가 사랑하는 사람, 이미 다 한 것 같지만 아직 남은 이야기를 묶었다. 살아가다 사랑하다 보니 점점 더 해야 할 말과 하고 싶은 말 하지 못한 말이 걸려 모른 척 사는 게 더 어려워진다. 차라리 다 써버리기로 했다.

2019년 10월

박혜숙

감상

*
한 번 읽을 때, 하나의 장씩 읽으면 더욱 좋습니다.

prologue

누군가는 세탁소집 딸로, 누군가는 사랑했던 여자로, 누군가는 작가로서, 누군가는 커피수기 사장으로 나를 알고 부르고 읽는다. 서른넷, 막다른 골목에서 누군가 나로서 박혜숙을 써보는 건 어떻겠냐는 제안을 받았을 때 다시 시작이란 생각을 했다. 끝이 아니라 돌아보면 눈부신 날과 사람과 사랑이 곁에 있어 꿈같던 시간. 꿈같을 시간의 연장선에서 이 글을 쓴다.

'이게 나라고'

1장

세탁소집 딸

나는 세탁소집 딸이다. 문예창작과 교수님은 작품 발표 시간 평가에서 너는 글 쓰는 재주는 모자라는데 세탁소집 딸이라는 좋은 소재를 가졌다고 했다. 나는 그때 지금보다 글에 대한 욕심이 커서였을까 세탁소집 딸이라는 달란트보다 글 쓰는 재주가 없다는 말이 더 와닿았고 가슴에 박혔다. 우리 과에서 글 잘 쓰기로 유명해 몇 명 들어가지 못하는 교수님 특별 클럽에도 들어가 일찍이 등단했던 언니는 그런 내게 부럽다고 했다. 그런 소재를 가져서. 내 삶에 가장 예민하고 날카로웠던 시기라 '그럼 뭐해요? 나는 글을 못 쓰는데' 나오는 대로 말을 뱉었다. 글 쓰는 재주보다 생각하고 거를 줄 아는 기술이 더 모자랐던 건 아닐까. 지금 생각해 보면 문예창작과 학생이자, 작가 지망생이었던 나는 교수님이 그의 말이 신이고 하늘이었는지 모르겠다. 하늘은 여러 번 무너질 수도 다시 열릴 수도 있는 건데.

재주 없다는 한 사람의 말에 내가 글 쓰는 일을 놓아버렸다면 어땠을까 생각하면 암담하다. 살면서 하늘은 여러 번 바뀌고 여러 번 무너졌다. 곁에 있는 가족일 수도 사랑하는 연인일 수도 둘도 없던 친구일 수도 있던 하늘은 계절만큼 날씨만큼 시시때때로 그랬다. 그때마다 글을 썼고 그 글은 어김없이 내 하늘을 다시 열었고 눈부시게 했다. 어쩌면 원망했던 교수님 말의 뒷부분이 이제야 이해되는 건 내가 세탁소집 딸이라 쓸 수 있는 글이 있다는 것. 그건 재주나 재능이 아니라 그냥 내가 가진 삶이고 언제든 내가 원하면 꺼내 쓸 수 있는 나의 이야기였다. 내가 나를 온전히 이해하고 나서야 내가 가장 잘 쓸 수 있는 것. 내가 가장 사랑했던 사람과 내가 가장 사랑스러웠던 시절과 절절했고 행복했던 기억 속에 나를 가장 잘 아는 건 나이기 때문이다. 그때는 보이지 않았던 것들이 지금은 나를 쓰게 하고 돌아보게 한다. 억지로 꾸며 잘 보이고 싶던 시절이 있었다. 진짜 내 모습보다 남들 눈에 좋게 보일 단어를 모으고 문장을 만들어 불편하게 읽히는 걸 알면서도 모르는 척했던 시절도 나였다. 지금은 자연스럽게 내가 하고 싶은 이야기에 귀를 대주고 받아 적을뿐인데 읽는 사람들의 공감과 인사를 받을 때면 어색하면서도 어쩔 줄 모르게 행복하다.

이제부터 여행하는 맛을 안 건지도 모르겠다. 달리는 기차에서 보이는 것들 지나가는 장면들 스쳐가는 생각들 있는 그대로 받아 적다 보면 어느새 글 한 편이 써졌다. 모든 게 자연스럽다. 삶도 글도 그랬으면 좋겠다. 활동적이지 못한 나였지만 서른이 넘어서야 여행하는 맛을 알았고 글 쓰는 맛을 좀 알겠다. 세탁소집 딸이라 행복하고 그 달란트를 누릴 줄도 알고 써먹을 줄도 아는데 아직도 너무 빨리 지나가는 시간들엔 여러 번 무너지고 우는 어른이다. 여전히 글 쓰는 재주는 모자라지만 채우며 산다. 혼자서 할 수 있는 일은 아니다. 나를 사랑해주는 사람들 내가 사랑하는 사람들과 부대끼며 사는 하루가 지나간 기억이 나를 모르지만 내 글로 공감해주고 함께해주는 사람들 덕분에 내 글이 채워지고 내 삶이 든든한 이유다.

내가 놓지 못하는 시절에 사는 사람

잊지 않는 게 아니라 잊히지 않는 사람이 있다. 뭐가 그렇게 대단해서 못 잊느냐 묻는 친구에게 왜 잊어야 하는지 되묻던 날선 시절이 내게도 있었다. 그래도 좋은 사람이었다. 내게 해가 되거나 상처를 준 사람이 아니라 쓰면 쓸수록 참 좋은 사람이었다, 그뿐이다. 이별의 상처는 그 사람이 내게 줬다기보다 상황이나 부재에서 오는 온전히 내 몫의 감정이다. 그때는 어리고 여려서 원망한 적도 억울한 적도 탓을 하기도 했지만, 자연스럽게 지워지듯 쓰면 쓸수록 진심에 닿았고 더 선명하게 읽혔다. 요즘처럼 사랑이란 이유로 사건 · 사고 많은 세상에서 많이 사랑받았던 기억으로, 추억으로 살 수 있단 것만으로도 다행이란 생각을 한다. 그것보다 한참 모자라다. 내가 꼭 글 쓰는 사람이 되면 좋겠다고 나와 같은 바람을 빌어주던 그 사람 덕분에 나는 글 쓰는 사람으로 살고 있고 그 안에서 아낌없이 주는 쪽은 그 사람이다. 이제 그만 좀 써먹으라며 농담처럼 핀잔주는 친구의 말처럼 나는 오래 그를 써먹었고 지금도 언제든지 얼마든지 내가 원하면 내 멋대로 썼다 지웠다 한다.

계절에 맞지 않는 옷

나는 계절에 맞지 않는 옷을 좋아한다. 여름엔 겨울 코트를 사기도 하고 한겨울에 여름 티셔츠를 사 모으기도 한다. 유행은 한 계절을 앞서기도 하지만 나는 겨울에 봄옷을, 봄이 되면 여름옷을, 여름 끝자락에 가을옷을 그런 반복이 싫었는지도 모르겠고 어울리지도 못했다.

이제 계절도 처음 같지 않고, 봄가을이 사라져버리기도 하고, 올해 겨울은 또 너무 따뜻했고, 눈 내리는 날은 또 손에 꼽았다. 여름 장마가 사라지고 겨울에야 유난스럽게 내리던 폭우 · 폭염은 점점 더 지독해지고 있다.

한 계절 전에 백화점에서는 이월 상품을 대대적으로 세일하기도 하지만 나는 계절과 날씨에 상관없이 그날그날의 기분과 마음이 내키는 대로 옷을 고른다. 꼭 찾는 옷이 있을 때는 보이지 않다가 마음을 비우고 나면 내가 찾던 옷이 눈앞에 걸려있고, 어제는 별로였던 옷이 눈에 아른거려 찾아간 날은 이미 내 손을 떠난지 오래이거나 다시 내 손에 오기도 한다.

사람도 삶도 모두 비슷하다는 생각을 한다. 좋아한

다고 다 내 것이 되지 않고, 찾는다고 손에 잡히고 멀어진다고 다 놓치는 것도 아니다. 우연히 걷다 눈에 밟힌 옷이 계절에 맞지 않는다 해도 내 몸에 맞고 어울리면 그뿐이다. 지금 당장 입고 나갈 수 없대도 언젠가 어울리는 계절이나 날씨가 찾아오면 꺼내 입으면 된다. 각자의 삶에 맞게 사는 것이다. 계절에 맞추던 계절에 앞서든 누구의 잘못도 아니다.

우리가 함께한 시절

동네 친구였던 지방이는 이제 두 아이의 엄마가 돼서 파주에 살고 있다. 다들 이름이 '지방이'냐고 묻는데 별명이다. 눈두덩에 지방이 많다고 지방이라 별명 붙여준 예임은 미국에서 살고 있어 얼굴 본지도 오래인데 결혼 소식과 함께 임신 소식까지 전해왔다. 별일 없이도 그냥 불러 만나던 친구들은 이제 멀리 있어 사실 파주도 천 리가 아닌데도 자주 보지 못한다. 큰 아이가 학교에 들어가 여유가 좀 생기니 둘째가 태어나 다시 처음부터 육아, 조용히 회사 다니며 글 쓰던 나는 갑자기 장사를 하겠다며 커피수기를, 언니 따라가 미국에서 산다던 예임은 이제 결혼해 호주로 간다고. 시간 한번 맞춰 보는 일이 몇 달이 흘러 해가 바뀌는 게 이상하지 않는 나이가 되었다.

오랜만에 파주로 가서 지방이를 만나 미국에 있는 예임에게 축하 인사를 하려고 페이스타임을 켰다. 셋이 얼굴을 맞대는 역사적인 날이었다. 시작부터 웃음뿐이다. 어쩜 고등학교 때 모습 그대로인지 십 년이 훌쩍 넘었는데 여전하다. 육아와 임신과 장사라는 다른 듯 비슷한 주제들로 서로의 안부와 근황을 말하기 바쁘고 듣기 바쁜 와중에 나는 울컥했다. 뭐라고 딱 말할 수 없는 감정이었다. 그래도 셋이 모이면 늘 고등학교로 시작해 추억들뿐이다, 우리가 함께했던 시절. 보고 싶기도 하고, 그립기도 하고, 우리도 어쩔 수 없이 까먹고 있는 세월이 서럽기도 했다가, 이제 각자 걸어가는 삶에 응원도 보내고, 같이할 수 없어 아쉽고, 그냥 그런 마음들. 눈물이 나기 전에 예임이는 참았던 말을 꺼내고 만다.

- 근데 너는 왜 이렇게 얼굴이 빵떡이야! 살 좀 빼!

"야이씨!" 결국 구수한 욕이 오가며 예전엔 늘 먼저 끊어버리던 예임이의 인사가 길어지고 있다. 그 많던 말을 뒤로하고 한참 서로의 얼굴을 보다 전화를 끊는다. 멀리 있어도 자주 보지 못해도 우리가 함께한 시절이 있어 언제나 눈에 선하다.

지금이 아니라

나의 부모님은 좋으면 좋다고 그저 있는 그대로 말하지 못하고 어제 다녀온 바다가 너무 좋아서 한동안 바다 앞에서 꼼짝 않고 서 있다가 돌아와서는 피곤하고 힘들다며 다음엔 너희들끼리 놀다 오라고 괜한 미안함을 둘러 말한다.

나도 닮은 것 같다. 곁에 있을 때 있는 그대로 말하지 못했던 미안함과 고마움을 이제 와서 혼자 쓰다 보니 지칠 때도 있고 자책하기도 하고 많이 좋았다 사랑했다 그리웠다 말하지 못한 이유는 수없이 댈 수 있지만, 그 말을 들어줄 사람이 없다. 돌아보면 아름답고 행복했던 시절로 남아선 안 된다는 생각을 요즘 부쩍 자주 한다.

작가님의 시를 읽으면 그 시절로 돌아가는 기분이라 좋았다고 전해오는 사람들에게 이제는 지금을 즐기고, 지금 기분을 전하고 지금의 시간을 혼자 나중에 돌아보지 말고 지금을 느끼며 살라는 말은 사실 나 혼자 속으로만 한다. 그렇게 많은 글을 써냈으면서도 아직도 하지 못한 말이 내 안에 너무 많아서 어쩔 땐 버겁고 어쩌다 놓쳐버리기도 하고 어렵고 어리석고 어린아이만큼도 표현하지 못하는 멍청한 어른이 된 것 같기도 하다. 너무 사랑해서 너무 아껴서 그런 말들은 지나간 후에 더 와닿을지 모르지만 닿을 수 없는 시간들일 뿐이다. 좋다, 사랑한다, 보고 싶다, 미안하다, 자주 말해주던 그 사람이 나는 이제야 사무친다.

소식

금방 올 줄 알았는데
점점 느려지더니
이제 아주 오지 않고

찾는 날도 줄고
찾아가는 날도 줄고

의무처럼 떠밀려
눈도장을 찍고
잘 지낸다는 안부 대신
잘 지낼 거란 안심으로

닮아가

그렇게 좋다는 말로만 듣던 제주를 내 나이 서른 둘에 왔다. 비행기로 두 시간도 안 되는 거리를 갖은 핑계와 지레 먹은 겁으로 엄두를 내지 못했다. 사실 활동적인 편이 못 돼서 모임 같은 것도 즐기지 못하고 여행도 정말 친한 친구와 가족 말고는 혼자 떠나는 여행조차 꿈꿔본 적 없었다. 위험할 거란 생각, 무슨 일이 일어날 것만 같은 불안 뭐 핑계는 갖다 붙이기 나름이니까.

여행이 좋아지기 시작한 건 할머니가 돌아가시고 인생이 부질없다는 생각에서였다. 먹고 사느라 여행 한 번 편히 못 다녀본 부모님의 인생이 서글프단 생각으로 시작된 여행은 돌아보니 어느새 서른이 훌쩍 넘어버린 나의 후회와 미련의 연장선이었던 것도 같다. 왜 떠나보지 못했을까 나는 부모님처럼 여유 없던 삶도 아니었는데 글 쓴다는 사람이 부지런히 경험해보지도 않고 귀찮고 피곤하단 이유로 나중에 하면 된다는 안일한 생각에 그냥 젊어서 좋은 세월만 허투루 보낸 것 같은 나에 대한 미안함도 크다. 그렇게 별거 있을까 싶던 제주 바다에서 지는 노을을 가만 바라보다 별안간 눈물이 뚝뚝 떨어지는 거다. 예전에 예능 프로그램에서 외국으로 여행 간 나이 든 여배우가 자신은 노을만 보면 자신의 인생이 지는 것 같아 볼 때마다 슬프다며 선셋을 보고 눈물을 흘리는 장면이 나왔는데 너무 오버 하는 거 아닌가 싶었다. 서른둘의 내가 처음으로 제주 선셋을 보다 울게 될 줄은, 처음이라 설레 그런가, 서른둘에야 처음 본다는 게 억울한 건가 너무 예쁜데 아쉬운 것은 지고 나서야 저런 색이 자연스럽게 나온다는 게 어쩔 수 없이 나이가 먹고 자연스럽게 이별을 해야 하고 점점 더 잃는 게 많은 나이가 되어서야 느낄 수 있는 상실감, 뭐 말로도 글로도 설명할 수 없는 감정들이 하나가 돼서 파도처럼 내 눈앞에 가슴에 세게 퍼붓고 갔다.

파도가 물러가면 다시 조용해진다. 하늘도 바다도 내게 아무것도 하지 않고 무심히 지켜만 볼 뿐이다. 감당할 수 없는 감상과 감정을 받아 적어내는 일도 지금 이 기분을 글로 표현해야 하는 지금도 그저 묵묵히 내가 안고 가야 할 내가 그러기로 마음먹은 나의 일이다. 이래서 다들 여행을 하고 여행이 끝나면 허한 마음을 느낄 새도 없이 다음 여행을 계획하는구나 싶었다. 늘 알고 보는 빤한 얘기로는 다 채워지지 않는 게 아직은 살아볼 만한 더 눈부신 날들이 남아서겠지. 젊음을 즐기라고 아직 한참 남은 눈부신 날들을 누릴 자격이 있다고 말했던 배우 김혜자 선생님의 인터뷰처럼 내 삶은 내가 누릴 자격이 있음으로 열심히 더 부지런히 살아봐야지. 너희들은 우리처럼 살지 말고 넓은 세상도 많이 보고 즐기라고 말하는 나의 부모님의 후회가 내 후회가 되지 않게 처음으로 나는 나의 부모님처럼 살고 싶지 않았다, 그런데 우리 때문에 부모님의 인생이 마지막까지 자식을 위해서 아름답게 지고 있다는 생각에 눈물이 쏟아지는 건 내 생에 가장 큰 불효인 것 같아서. 나는 자식이란 이유로 부모의 가장 눈부셨던 시간들을 갉아먹고 얻는 여유로 여행할 수 있는 삶을 산다고 먹은 마음이 쓸쓸해서 지는 노을을 한참 담고 있었다. 닮아가고 있었다.

촌스러운 바다

오랜만에 다시 찾은 정동진은 그대로인 듯 많이 변했다. 오래된 역은 문을 닫았고 주변에 아무것도 없었는데 식당이나 커피점이 많이 생겼다. 호객행위를 하던 할머니들의 모습도. 그러고 보니 오래된 민박집 대신 모텔 건물이 눈에 많이 띄었다. 해변으로 가는 길 팻말은 여전했다. 바다의 입구도 그 앞에 가판대에 파는 모래시계도 여전했다. 겨울 끝자락인가 봄의 시작이라고 해야 하나, 사월의 바다는 찾는 사람의 수도 애매했고 오래 머물지도 않았다. 부풀려진 머리의 촌스러웠던 나도 여전하다. 막상 바다 앞에 서니 반갑기도 하고 쓸쓸하기도 하고 여러 장 찍어 본 사진 속에 나는 세월 탓인가 더 촌스러워진 것 같기도. 여러 가지로 썩 마음에 들지도 않고 파도 가까이 가려다 또 떠밀려온 파도에 질색하며 돌아섰다. 내 발목을 잡을 것 같아서일까, 뭣 모르고 달려가던 그 시절이 달아나서일까 지레 겁먹고 모래사장으로 뒷걸음치던 내가 마주한 건 그렇게 지나간 시간, 이제 오지 않을 시간이 파도처럼 왔다 간다.

이게 나예요

글을 쓰기 시작하면서 언젠가 부모님의 자서전을 꼭 한번 써야겠다고 마음먹었다. 자서전이라고 하면 뭔가 존경받는 사람이거나, 대단한 일을 한 사람이거나 유명한 사람이거나, 그런 자격이 있어야 쓸 수 있고 쓰일 수 있는 거라 생각한 적이 있었다. 그 자격을 가지려고 시간만 까먹다 부모님의 삶과 떼어놓을 수 없는 세탁소가 갑자기 사라지게 되면서 급히 써 내려간 책이 부모님의 자서전이 되어버렸다. 세탁소란 책으로 생각지도 못한 사랑과 응원을 받았고 오히려 감사하다는 인사를 전해 들으며 그런 자격을 만든 건 나약한 내 마음이었는지도 모르겠단 생각을 했다. 글을 쓰는데 이유나 자격 같은 건 없었는데, 그저 진심을 다 하는 것에 주저하며 핑곗거리를 만든 것이다. 그렇게 주저 없이 진심을 다해 내가 사랑하는 사람들을 종이 위에 글로 쓰면서 살던 중에 출판사 별빛들의 편집장 광호 씨를 만나 나에 대한 산문을 써보지 않겠냐는 제안을 받았다. 출판계약 얘기에 당연하게 시집을 들고 나갔는데 내가 가장 잘 쓰는 시인 줄 알았는데 '나'라는 사람에 대해 써보라니. 뭔가 당황스럽기도 하고 설렌다고 할까 갑자기 한대 얻어맞은 것처럼 여러 감정이 엉켜 잠깐 정지 상태였다.

아직 내 나이 서른넷 자서전이라고 하기엔 부족하고 글을 많이 썼다고 하지만 경험도 밑천도 한참 멀었다. 물론 지금까지 써온 내 가족에 대한 얘기나 사랑했던 연인에 대한 얘기나 친구들도 나와 떼어놓을 수 없지만 진짜 온전히 나를 쓰는 일은 어떨까. 촌스럽더라도 멋 부리지 않고 힘을 빼고 내 안에 진심을 다해 자연스럽게 흘러가는 시간을 쓴다고 썼지만 글쎄, 서른넷 이후의 삶은 나도 몰라서 굳이 상상하며 그럴듯하게 쓰고 싶진 않다. 새해만 되면 부자가 되게 해주세요, 사랑하는 사람이 생기면 좋겠어요, 살 빠지게 해주세요, 돈 많이 벌게 해주세요, 베스트셀러 작가가 되게 해주세요. 뭐 이런 소원을 빌었던 시절이 있었다. 눈 질끈 감고. 크게 간절함도 없이 그런 척 모두가 그러니까, 내 소원을 남에게 들어달라니 지금 생각하면 웃음만 나온다. 나이 탓인지 몰라도 무덤덤한 새해만큼 더는 그런 허무맹랑한 소원은 빌지 않는다. 간절한 건, 가족의 건강과 행복. 그것도 나 스스로가 더 잘해야 할 일임을 알면서 그저 내 간절함을 보고하듯 올해도 내가 더 잘할 거라는 보고서를 쓰듯 그런 거다. 고해성사 같은 것일 수도 있다, 지나간 한 해를 반성하면서 올해는 조금 더 잘해보겠으니 지켜봐 달라는 아부 같은 것일 수도. 그래도 되지도 않는 희망을 빌지는 않는다. 사랑하는 사람을 떠나보내고서야 깨닫는 소중한 기억을 쓰며 한 해를 보내고 오늘 하루에 감사하고 그날그날의 소소한 일상을 쓰며 살아있음에 감사하다고 쓴다. 그렇다고 어린 날의 나를 탓하는 게 아니다. 후회는 아이나 어른이나 똑같이 느끼니까. 지금 스무 살에 썼던 시를 보며 쥐구멍을 찾듯 내가 마흔이 돼서 서른의 글을 보면 또 콧방귀를 뀔지도 모르겠다. 그 나이 때 그 나이다운 모습과 삶과 사랑이 있다. 서른에 그 흉내를 내는 것도 우습고 더 나이 먹어 사랑에 대한 시는 못쓸까 겁이 난 적도 있지만 사랑은 나이에 상관없이 똑같이 온다는 걸 조금씩 깨닫고 있는 요즘이다. 겉모습보다 숫자로 선명한 내 나이보다 더 많은 표현을 하고 더 많은 문장으로 나를 설명할 수 있는 사람이면 좋겠다. 그렇게 자연스럽게 흐르는 시간 안에서 그날의 날씨, 그날의 기분, 그날의 표정, 그날의 풍경처럼 꾸미지 않아도 선명하게 떠오르는 기억을 쓰고 싶다. 처음엔 나에 대한 글이 어려웠지만 쓸수록 그냥 이 글이 나라는 걸 안 순간부터 가장 자연스럽고 쉬워진다. 사는 것도 사랑하는 것도 그냥 이게 다 나라고 인정하고 이해하는 것부터다.

사랑이라고 쓴다

서로가 모른 척 돌아섰지만
등만 봐도 다 안다

뭐가 그리운지
뭐가 서러운지

이렇게 저렇게
자꾸만 돌려보게 되는
시간 속에
우리 같이 있으니까

시간은 가고
어쩔 수 없이
혼자 가야 하는 길에도

구석구석 찾아
사랑이라고 쓴다

시간이 가고
어떤 모습으로 변해도
사랑을 남겨둔다

각자의 자리에서 힘을 내고

커피수기 3주년이다. 오픈 준비하며 하루걸러 하루 병원을 오가며 머리 터지게 고민하고 걱정하던 시절이 있었는데 참 빠르다. 두 아이의 엄마가 된 친구와 통화하면서 그 친구는 아이를 키우지만 너는 커피수기를 키운 거나 마찬가지라며 육아나 장사가 다를 게 없다는 말을 했다. 직원 없이 혼자서 오픈과 마감을 일요일과 공휴일 빼고 매일 한다는 일이 글쎄, 투정일 수도 있지만 힘든 일이었다.

어떤 날은 오픈 전에 문 앞에 와 기다리는 손님들을 보면 반가워 달려오기도 하지만 몸과 마음이 지쳐있을 땐 버겁고 부담스러울 때도 있다. 준비되지 않은 상태에서 급하게 커피를 만들어 내보내고 나면 얼굴에 다 드러나는 나의 기분과 돌아서서 더 웃지 못한 찝찝한 감정들이 어지럽게 섞이고 만다. 왜 더 친절하지 못했을까 싶다가도 왜 나만 더 친절해야 하는지 사이에서 늘 어렵다. 나도 사람인데 준비되지 않은 감정을 뒤로하고 늘 웃어야 하는 일이 서글픈 적도 있었다. 누군가는 처음이라 그렇다고 처음 장사할 땐 다 그렇다고도 하고 누군가는 준비되지 않은 거라며 감정하나 컨트롤 못 할 바엔 그만두는 게 낫다고 나를 위한 위로나 충고를 쉽게 하지만 결국 내가 아닌데 나처럼 생각하고 나를 가장 위할 순 없는 것이다. 어떤 드라마에서 아이를 혼내고 돌아서 우는 엄마가 나도 엄마가 처음이라 그렇다며 혼잣말하는 걸 보면서 모두가 처음이 있었고 인생 선배든 장사 선배든 그들이 먼저 그 길을 간 건 맞지만 나와 똑같을 리는 없는데 비슷한 감정 비슷한 상황 비슷한 과정을 겪을 순 있지만 쉽게 단정 짓는 건 아니라는 생각을 했다. 내가 자기계발서를 좋아하지 않는 이유도 그런 거다. 성공이란 게 저마다 자기 입장에서 먼저지 정답이 있는 게 아닌데 나처럼 하면 나처럼 될 수 있다는 게 부자연스러운 거다. 나는 그 사람일 수 없는데. 내가 커피수기를 오픈하면서 뭔가 대단한 성공을 바란 적도 없고 장사의 신이 되고 싶은 생각도 없었다. 그저 나와 같이 성장하며 같이 울고 같이 웃고 나란히 크고 싶었다. 꼭 주인과 손님을 떠나서 사람과 사람으로 부대끼며 흐린 날도 있고 맑은 날도 있고 그저 오늘을 함께 사는 일.

이제 두 아이의 엄마가 된 친구와 장사를 하며 글을 쓰는 나는 통화를 해도 각자의 육아와 노동에 대해 말하며 이제 공감대가 없구나 하고 생각했지만 사람 사는 일이 거기서 거긴데 육아와 장사가 정말 비슷한 구석도 많다. 아이에게 눈을 못 떼듯 나 역시 언제 손님이 올지 몰라 화장실 한번 마음 편히 가지 못하고 밥 한 술 뜨다가도 손님이 오면 달려가야 한다. 지칠 때도 많지만 또 아이와 손님에게 받는 긍정적인 에너지도 있고 힘이 될 때도 있는 것처럼 말이다. 굳이 갈라놓고 보면 다르게 보이고 또 붙여놓고 보면 그럴듯하니까. 직업이 뭐든 위치가 어디든 우리가 살고 있는 오늘은 똑같이 주어졌고 만들어가기 나름일 것이다. 힘내자, 하고 통화를 끊고 우리는 각자의 자리에서 힘을 내고 있다.

생각날 때 써

단골 의류 편집샵 매니저님은 내가 방송 쪽 일이나 스타일리스트 같은 직업인 줄 알았다고 했다. 그게 아니고서야 옷에 그렇게 관심 많고 즐겨 입을 수 없다며 말이다. 생각해보면 직업이 아니라 더 즐길 수 있는 건지도 모르겠다.

옷을 워낙 좋아해서 대학교를 졸업하고 디자인과 출신 친구 예임과 방송대에 편입해 야심차게 디자인 공부를 하려다 그만둔 적도 있다. 옷을 좋아해서 사 입는 것과 옷을 만드는 직업의 영역은 엄연히 다르다는 걸 크게 깨닫는 순간이었다. 일러스트 수업 시간이었는데 각자 자유롭게 그려보라 해서 나는 최선을 다해 모델을 그렸는데 그걸 지켜보던 예임이가 너무 크게 웃어버리는 바람에 모두가 나에게 집중했다. 강사님이 와서 내 그림을 보고 참지 못하고 웃어버렸을 때까지도 나는 그 상황을 받아들이지 못하고 어리둥절했다. 강사님은 최대한 내가 상처받지 않도록 말을 고르며 굳이 일러스트 모델을 본인을 그리지 않아도 된다고 이런 모델은 처음이라며 삐져나오는 웃음을 참는데 그제야 친구 스케치북을 들여다보니 다들 8등신 10등신 12등신까지 길쭉하게들 그려놨는데 나는 나를 그려 넣은 것이다. 아마도 옷을 입는 나를 상상해 그려 넣었는지 디자인에 대해 많이 알지도 못했고 사소한 일이든 내가 해보지 않고는 역시 모르는 일이다.

내가 아부지를 닮았으면 바느질이라도 잘해야 할 텐데 '개손'이란 별명을 예임이가 붙여 준 이후로 본격적으로 천을 떼다 치수를 재고 바느질을 하고 미싱을 돌리고 실물을 만드는 과정에서 나는 내가 진짜 개손이라는 걸 뼈저리게 느끼고 그만뒀다. 이 길은 내 길이 아니구나, 잘 만들어진 옷을 잘 입는 건 내가 좋아하는 일이지만 그 옷을 만드는 과정은 또 다른 길이라는 것을 이래서 내가 보는 게 전부가 아니라는 거다.

글 쓰는 게 좋았고 글 쓰는 사람으로 살고 있는 게 물론 행복한 일이지만 내가 좋아서 쓰는 글과 원고 청탁을 받고 요청하는 데로 기획된 글을 의무적으로 쓰는 일은 또 다른 게 있다. 유명하지 않아서 그런 일이 빈번하게 있는 게 아니란 건 어찌 보면 다행일 수도 있고 글 쓰는 일에 지친다면 내 밑천은 바닥인데 긁어모아 이어붙이고 또 늘리고 늘려 같은 얘기를 조금 바꿔 쓴다고 한들 언제까지 버틸 수 있을까. 내가 불편한 상태에서 쓴 글은 내가 읽어도 아는데 독자들이 모를 수가 없다. 예전에 어떤 인터뷰에서 피아니스트가 연주 중에 실수를 해도 사실 전문가가 아닌 이상 관객은 모를 수 있지만 자기 자신이 안다는 게 가장 불편한 일이라고 했다. 글도 마찬가지다. 재주를 부려 쓴다고 내 의도라고 몰아붙이고, 쉽게 베껴 쓰고도 몰랐다고 같은 생각은 누구나 할 수 있다고 그렇지만 그건 누구보다 자기 자신이 가장 잘 알 수 있는 일이다. 그래서 나는 시간을 정해두지 않고 쓰고 싶을 때 쓰는 편이고 걷다가 울다가 커피를 만들다 눈 내리는 걸 보다 버스 창으로 남산타워를 보다 그냥 그렇게 문득문득 생각날 때 쓰고 마음이 갈 때 책을 만들고 책방으로 간다. 주말이면 백화점으로 가 좋아하는 옷을 고르는 일이 종이 위에 글을 써내는 일이 그냥 즐겁고 좋다. 좋아하는 일을 직업으로 삼고 사는 사람들이 얼마나 될 것이며 설사 그렇다 해도 마냥 매일이 즐겁기만 할 수는 없을 것이다. 애증 같은 거다. 나의 부모님에게 세탁소가 그렇듯 글은 나한테도 그런 거다.

한겨울 서른 넷

그리움과 먼 나이고
그리움과 먼 계절에도

그리운데 그런데

2장

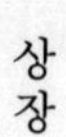
상장

아부지 나이 여든에 첫 상장을 받던 날. 본인은 부끄러우면서도 살아온 날의 보상 같은, 그래도 잘 살아왔다고 인정받은 것 같은 기분이 들어서일까 복잡한 감정들이 뒤엉킨 듯 보였다. 초등학교도 다 마치지 못하고 서울에 돈 벌러 올라와 상장이란 건 구경도 못 해봤다고.

가게를 이사 해 아부지는 한동안 허한 마음 때문인지 삼십 년 넘게 한 곳에만 있다 새로운 곳에 마음을 주는 일이 쉽지 않은 듯 보였다. 모두가 새 가게라 깨끗하고 얼마나 좋으냐며 자리도 여기가 훨씬 좋다고들 했지만 아부지는 마음을 잡지 못하고 밤에는 자주 뒤척였고 굳이 새벽부터 일어나 가게 앞을 쓸기 시작했다. 매일 피곤해하면서도 새벽부터 나와 길을 쓸었고 가게 앞에서 남의 가게 앞까지 결국 한 블록을 다 쓸고 있는 아부지에게 사실 나는 왜 그렇게까지 하냐고 남들이 고마워나 하는 줄 아냐며 관리비 내가며 왜 하는지 이해 못 할 때가 많았다. 오다가다 칭찬해주는 분들도 있지만 좋지 않은 시선으로 보는 사람들도 있었다. 주변 술집에서 어지른 담배꽁초부터 아무 데나 뱉어놓은 침과 토사물에 참다 참다 양해를 구하니 누가 청소해달라고 했냐며 생색내지 말라는 식의 말이 돌아올 때면 아부지 보다 내가 더 분하고 속상해서 괜히 더 아부지에게 앞으로 하지 말라고 성질을 낸 적도 있었다. 그럼에도 불구하고 아부지는 깨끗한 내 가게가 좋고 찾아주는 손님들이 좋아해 주니 더 좋고 어느 순간부터 취미가 되고 책임이 되고 보람이자 즐거움인 듯해서 더 이상 말리기를 포기했다.

미싱 앞에서 꾸벅꾸벅 졸고 있는 아부지를 보면 또 짠하다가도 내가 시키지 않아도 글을 쓰는 일이 즐거운 것처럼 아부지에게도 그게 길을 쓰는 일이라면 다 똑같은 거란 생각이 들었다. 직업에 귀천 없듯 취미도 뭐 대단한 건가, 즐거움이나 내 삶의 낙이란 것이 실은 남들이 봐주고 인정해주는 게 아니라 나 자신이 원하고 즐거운 것일 텐데 말린다고 될 일도 아니고 말릴 일도 아니란 생각이 들었다. 남에게 해를 주는 일도 아니고 내가 먼저 존경하고 존중했어야 할 일인데 남들이 먼저 인정해주고 구청에서 표창장까지 준다고 하니 나까지 기분이 이상한 게 마음 한구석이 좋으면서도 무거웠다. 아부지가 뭘 바라고 시작한 일은 아니지만, 이 상장이 아부지 삶에 좋은 에너지가 된다면 나는 가장 먼저 박수 쳐주고 축하해주고 싶었다. 내가 그렇게 글을 쓰기 시작한 것처럼 누군가 내 글을 읽고 좋다고 잘했다고 인정해줬을 때 작가라고 불러줬을 때 더 많은 글을 내가 좋아 쓸 수 있었던 것처럼 그런 나를 온 동네 자랑하며 다녔던 아부지처럼 나도 아부지를 가장 큰 목소리로 자랑하고 싶어서 이 글을 쓴다.

차라리 바보처럼 살라고 손해 보고 살라고 할 때마다 나는 그렇게 살지 않을 거라고 까분 적도 많지만 이제 나도 그 정도는 알 것 같다, 자식의 삶에 단 한 번도 해가 되지 않게 자신이 손해 보고 참고 살아왔다는 걸 남에게 보여주려던 게 아니라 내 자식에게 보여주고 싶었던 거다. 비록 자신이 배운 게 없어 부끄러웠지만 부끄럽게 살지는 않았다고. 가끔 부정하며 살기도 했지만 나는 다 보고 배우며 자랐던 건데 책에서 좀 더 배웠다고 내가 감히 아는 척할 수 있는 지식이 아니었는데 좀 부끄럽다. 그래도 부끄러운 줄 아는 게 사람이란 아부지 말처럼 이제라도 잘 살아야겠다. 내 삶은 나 혼자 잘 살아온 게 아니었다.

"감사합니다, 진심으로 존경하고 사랑합니다. 아부지."

저마다의 노을

여행 끝은 해가 지는 걸 보는 거다. 참 예쁘고 아쉽다. 점점 바래가는 기억 같기도 하고, 볼 빨간 그 시절의 설렘 같기도 하고. 한동안 바라본 바다와 하늘 사이 노을은 끝까지 볼 수 없어 돌아서 우는 슬픈 사연이 있다. 누구도 묻지 않고 그저 바라봐 준다, 저마다의 노을이 지고 있다.

고집

어떤 사람은 샷 내리는 시간이 십 오초가 좋다고 하고 어떤 사람은 이십 초가, 또 더 길어야 한다는 사람도 있고 짧아야 한다는 사람도 있다. 그때마다 달라지는 말에 맞추다 보면 커피 맛은 이 맛도 저 맛도 아닌 게 된다. 나란 사람이 그렇다. 옷을 고를 때도 책을 고를 때도 시를 지을 때도 메뉴를 정할 때도 나는 가장 나답게 내가 잘 할 수 있는 것, 내가 가장 잘 아는 나를 쓰는 일이 먼저다. 남의 말은 듣지 않는 내 고집일 수도 있지만 남의 말만 듣고 흔들리다 보면 이것도 저것도 아닌 게 되니까. 내가 만든 커피에 내가 쓴 글에 먼저 당당해야 하니까, 좋아 보인다고 남의 것을 욕심내거나 그럴듯하게 포장해서 내보이진 않는다. 그게 내가 먼저 지켜야 하는 고집이다.

우리는 서로의 타인

며칠 전 커피수기 3주년이었다는 말에 친구는 놀라며 벌써? 시간이 너무 빠르다고 했고 나는 친구의 아들이 벌써 세 살이 되었냐며 신생아 때 조리원에서 보고 다 컸다며 서로 놀라기 바빴다. 사는 곳이 천리만리가 아닌데도 연락 못 한 사이 훌쩍 지나간 시간은 겨우 며칠 몇 달이 아니었다는 사실에 새삼 당황하며 그 사이 둘째를 낳았다는 또 다른 친구의 소식엔 알 수 없는 감정들이 교차했다.

예전엔 다 핑계라고 생각했다, 사실 그게 맞을지도 모른다. 사는 게 바빠서 연락 못 한다는 그 말이. 나이 먹을수록 물리적인 거리보다 마음이 앞서는 걸음이 느려지기도 하고 머뭇거리다 놓쳐버리기도, 그러다 영영 나서지 못한다. 어릴 적엔 시시하게 걸던 전화와 대화가 이제 뭔가 그럴듯한 그럴만한 사정이나 사연이 있어야 할 것 같은 핑계, 그랬다. 어차피 손님이 오면 전화를 끊어야 하고 아이가 울면 방금 전에 한 말도 기억나지 않아 다시 시작하기를 몇 번, 그렇게 우린 서로의 삶에서 서서히 타인이 되어가고 있었다. 실은 우린 처음부터 타인이었다. 우리의 사연이 뒤섞여 놀던 때엔 누구 하나 먼저 꺼내지 않아도 공감하고 공유하던 것들이 이제 하나부터 열까지 처음부터 어디까지 얘기해야 하나 싶고 위로와 응원은 여전하지만 뭔가 동떨어진 느낌은 뭘까. 그렇게 나중에 보자, 나중에 또 통화하자 나중이 또 나중이 되고 각자의 삶이 먼저인 건 어쩔 수 없지만, 우리의 나중은 자꾸 뒤로 밀려나고 있었다. 말하지 않아도 알았던 십 년 친구의 마음은 이제 어떤 말로 풀어야 할지 너무 애매하다. 차라리 아주 싸웠다거나 화해를 할 만큼 큰 사건이 있었다든가 누구 하나 먼저 나서야 할 만큼 애타는 일이라면 더 쉬울지도 모르겠다.

우린 그저 지금 자신의 삶을 부지런히 사는 것밖엔 없다. 그 안에 악의는 없다. 그저 서로의 생각에서 다음 순서가 되었을 뿐인데도 아주 가끔은 서운하고 서러운 마음이 든다. 누구의 잘못도 아닌데 자책하기도 하고 자신했던 우정을 의심하기도 한다. 연약한 사람이라 그런다. 사람에게 쉽게 사랑받고 상처받을 수 있는. 더 나이 먹으면 결혼하면 아이를 키우다 보면 내 일을 하다 보면 점점 더 멀어질 수밖에 없다는 핑계가 정답이 되지 않길 바란다. 이 글을 읽는다면 주책이라며 당장 전화해 만나자고 했을 친구들은 아마도 이 글을 읽을 시간이 부족하지 마음이 모자란 건 아니라고 자신할 수 있을까, 나조차 망설이는 사이 많은 말들이 버려지고 있다.

시집

시집 안 가냐고 묻는 지인에게 '이번에 또 시집 나와요' 하고 대꾸한다. 서른이 넘어가고 오빠가 결혼하면서부터는 결혼 언제 하냐는 말이 인사가 되었다. 내가 지금 해야 될게 결혼밖에 없는 것처럼 눈물 나서 시집을 어떻게 보내겠냐고 천천히 가라던 부모님마저 요즘은 은근 걱정하며 좋은 사람 만나야지 한다. 내가 독신을 선언한 것도 아니고 일부러 좋은 사람을 밀어내는 것도 아닌데 어쩌다 보니 시간은 뭐처럼 가서 내 나이도 오락가락한다. 스무 살에 서른을 앞둔 언니들이 '너도 금방이다'라고 무서운 명언을 날릴 때도 잘 모르겠던 게 지금은 눈 감아도 떠오르는 진정 명언이 되었다. 어쩌다 뜻은 다르지만 같은 말인 시집. 둘 중의 하나라도 하니까 괜찮은 것 같다.

이렇게 생각 없을 때 만나는 사람이 좋은 사람이라던데 그만큼 간절하거나 욕심 없이 사심 없이 그 사람을 있는 그대로 볼 수 있어서라나. 서른넷이 되어보니 서른넷이어서 어떠냐고 묻는다면 글쎄 나도 지금 겪어보는 중이라 모르겠지만 분명한 건 글을 쓰는 일처럼 주어진 일을 해내는 것처럼 사람도 사랑도 자연스럽게 오면 좋겠다는 것이다. 여유라고 해야 할지 애써 포장한다고 해도 내가 설득할 방법은 없지만 이제 굳이 그러면서 살고 싶지도 않다. 다들 시집 안 가는 이유에 대해 묻고, 좋아하는데 이유가 있어야 하고, 사소한 거 하나하나 묻고 따지는 일이 피곤해졌다. 몇 해 전만 해도 내 글에 대해, 나에 대해 질문이 오면 답을 찾으려고 머리 터지게 고민하고 뭔가 이해시켜야 할 것 같은 강박 같은 게 있었다. 글을 쓴 건 나지만 읽는 사람에 따라 읽히는 건 다를 수 있는데 나는 지금까지 무슨 답을 찾았는지 모르겠다는 거다. 지나간 사람에 대해 지나간 시간에 대해 우리는 지나치게 관섭하고 관찰하려 했던 건 아닐까. 오늘 내가 우울한 건 그럴 수 있다. 꼭 이유가 필요한 건 아니고 남에게 이해받을 필요도 없다. 내가 글을 쓰는 것도 마찬가지다. '생각날 때 써요, 그냥 보고 싶어요, 오늘 유난히 그래요.' 내 감정을 감상을 모두 전달해서 공감받을 생각은 없다, 애초에 모두 전달할 수도 없고 우리는 우리 앞에 주어진 시간과 페이지 안에서만 나누면 된다. 지금 내 앞에 종이 위엔 시집이란 글자만 새겨진 게 아닌 것처럼.

한가한 오후

초 단위 분 단위로
가는 시간을 곱씹다 보면

그날의 우리 위로
다녀간 시간이 보이곤 해

아주 천천히 흘러가
자세히 보지 않으면
순식간에 지나가는 장면들
그 사이사이로 쉼 하나 숨 하나까지

자주 봐야 알 수 있는 것들이
한가해지고 나니

그날의 우리를 위로하고
그날이 가고 없음을 알게 하고
후회해도 별수 없다는 걸

이제 그 소란했던 마음도
다 정리되고 한가해진

나른한 오후에 처음 다녀간
손님처럼 거기까지

나에게 너는 그렇게 돼 버렸어

실과 바늘

사람들은 식구가 다 같이 모여 일하는 모습을 보면 참 보기 좋다며 부럽다고도 한다. 어떤 중년의 아저씨는 자신은 자식들이랑 같이 앉아 밥 먹어본 게 언제인지도 모른다며 여기만 오면 대리만족을 느낀다며 흐뭇해하셨다. 아무래도 한동네에서 오래 있다 보니 우리가 태어날 때부터 자라는 모습을 쭉 지켜봐 온 분들도 많고 새로 오는 손님들도 모여 있는 우릴 보고 무슨 관계냐며 묻다가 세탁소는 부모님 가게고 커피는 딸이 하고 아들은 양쪽으로 도와 뛴다고 하면 요즘 세상에 이런 집은 드물다며 신기해하기도 하고 보통은 다들 좋게 봐주신다.

그러나 어느 가족도 마찬가지겠지만 보이는 게 전부가 아니고 매일이 다 좋을 순 없다. 내가 이전하면서 가게를 나눠 같이 일하기 전에는 부모님이 지금껏 한 번도 떨어진 적 없이 매일 같은 공간에서 부부가 함께 일한다는 것에 대해 존경하면서도 한때는 언젠가 나도 결혼을 하면 그렇게 살아야겠다고 생각한 적도 있지만, 지금은 생각이 좀 다르다. 뭐가 나빠서라고 단적으로 말하기는 힘들고 자연스럽게 생각이 변했다는 것이다. 같이 부대끼며 사는 가족이 아니면 모르는 상황과 사정과 감정들이 말로 딱 부러지게 설명할 수만은 없는 게 무수히 얽혀있다. 누구의 잘못이라기보다는 가족이라서 어쩔 수 없고 어찌지 못하는 부분이랄까. 모두가 그럴 것이다. 세상에서 가장 사랑하고 존경하고 아끼는 존재이지만 때론 그래서 더 상처받고 쉽게 생각하고 아무렇지 않게 하는 말들이 그렇다. 다 이해해줄 거란 믿음과 나를 탓하지 않을 거란 기대와 당연하게 의지하는 마음이 그렇다. 세탁소집 딸로 살아서 행복한 적도 많지만, 지금은 곁에서 하루 종일 붙어있다 보면 내게는 부모님이라 장사를 떠나 무례하게 구는 손님들을 보면 참을 수 없을 때가 많다. 그럴 때면 부모님은 나를 나무라고 나는 그 마음이 알면서도 또 섭섭하다. 내가 장사를 하게 될 줄은 꿈에도 몰랐는데 이제 부모님과 닮은 삶을 살 게 되면서 오래 장사를 해온 선배로서의 생각과 나의 생각이 서로 부딪히면서 얼굴을 붉힐 때도 있다. 물론 언제나 봐주고 이해해주는 쪽은 부모님이고 오빠다. 장사를 시작하고 예민해진 쪽은 나니까.

세탁소 오랜 단골손님들은 대부분 나의 부모님의 희생과 손님은 왕처럼 받들어주는 게 익숙한 분들이라 내가 해야 할 말을 딱 부러지게 하면 부모님을 보고 배우라는 둥 이런저런 말들로 가르치려고 하는데 나는 또 그 화살을 부모님에게 돌려버리게 된다. 늘 바보처럼 살아라, 손해 보고 살아라, 그 말들이 부모님이 살아온 인생인 걸 알면서도 내게는 살면서 무거운 짐처럼 느껴질 때도 있고 나는 바르게 살지 않는 걸까, 해야 할 말은 하고 사는 게 잘못하는 건가 괴리감이 들었다.

사소한 걸로 다투고 사소한 거에 웃다가 그럼에도 내가 기쁜 일에 더 기뻐해주고 내가 아프거나 슬플 때 더 많이 울어주는 존재는 가족뿐인 걸 안다. 누구에게나 매일이 똑같을 수 없고 같은 감정으로 살 수 없듯이 우리 앞에 놓인 무수히 많은 상황 앞에 보이는 것만 보면서 늘 똑같은 모습을 쉽게 기대하고 쉽게 실망하고 쉽게 판단하는 건 아닌 것 같다. 우리 가족은 오늘도 한 공간에서 따로 또 같이 각자의 일을 하고 생각을 하고 기분을 느끼며 화가 나다가도 금방 또 웃고 서로의 눈치를 보다가도 기분을 풀어주려 맞춰간다. 바늘과 실처럼 커피 머신과 그라인더처럼 떨어질 수 없는 같이 있어야 가장 좋은 우리다.

사랑은 언제 해도

언젠가 술에 취한 아는 동생이 괴롭다며 제 얘기를 들어보라기에 나 역시 심각하게 취할 준비를 하고 듣다 보니 자신이 남자친구에게 준 생일선물이 어떤 건데 자신의 생일에 돌아온 선물이 비교도 되지 않게 허접하고 성의 없었다며 이건 자기를 사랑하지 않는 거 아니냐고 그와 비슷한 몇 가지 사건을 보태며 울분을 토하는데 나는 그만 웃음이 나와서 그럼 너는 사랑은 언제 해?라고 물었던 것 같다. 동생은 황당하다는 듯 네? 하고 되물었고 나는 그렇게 매일 따지고 계산하고 그러다 보면 사랑은 언제 하는지 그냥 궁금했다고 했더니 잠깐의 침묵과 동시에 전화는 끊겨버렸다. 나는 혹시 동생의 고민을 농담처럼 받아친 것 같아 미안한 생각에 괜찮은지 메시지를 보냈더니 엉뚱하게 언니 때문에 술 한 잔 더 먹어야겠다며 역시 술 없이 언니 시는 못 읽겠다며 받침도 이유도 사라진 글자들을 읽다가 생각했다.

내가 그렇게 말할 주제가 되는지, 나이 들수록 늘어나는 계산법은 누군가의 이해와 공감을 받기 어려워진다. 아직 어린 그 친구의 연애 법에 내 방식의 공식을 알려준다 한들 그 나이 때 내가 그랬던 것처럼 와닿지 않을 것 같다. 주변의 어떤 말도 듣지 않고 내 식대로 사랑하고, 내 식대로 이별하고, 내 식대로 그리워하며 살았던 순간마저 그 사람은 빼고 내게 나를 더하고 나만 더하고 빼고 곱하고 나눠서 내가 원하는 답을 이미 정해놓고 울었다 웃었다 그랬다. 우는 이유도 기다리는 이유도 잊지 못하는 이유도 싫어지는 이유도 서러운 이유도 모두에게 이해받고 공감받지는 못하지만 나는 또 살아야 하니까 어떻게든 스스로를 끌어안고 사는 것뿐이다.

누군가의 옳다 그르다, 정답인지 오답인지가 중요치 않은 이유다. 나는 나대로 사랑하는 방식이 있다. 모두 저처럼 시를 쓰세요, 그럼 알아줄 거예요, 라고 말할 수 없는 것처럼 시는 읽히는 사람마다 다 다르니까. 그때의 상황과 그날의 사랑과 그리운 사람이 다 다른 것처럼.

기억하고 기록하고

옷을 좋아하고 가방도 신발도 책도 좋아서 사놓고 모아두기만 하고 아끼느라 못쓴다. 화장은 할 줄 모르고 귀도 아직 못 뚫어 귀걸이도 못 한다. 설렁탕 곰탕은 좋아하는데 순대국밥은 못 먹는다. 비빔냉면은 먹는데 비빔국수는 또 안 먹는다. 스테이크보다 된장찌개를 더 좋아하고 파스타보다 칼국수가 더 좋다. 시인인데 시집은 잘 안 읽는다. 한겨울에도 아이스 커피만 마시고 뒤가 뚫린 뮬을 즐겨 신고 없으면 운동화 뒤축을 구겨 신는 걸 좋아한다. 좋아했던 사람은 쉽게 잊지 못하고 쉽게 마음 주지도 못한다. 말보다 글이 더 쉬운 사람이라 꼭 뒤늦게 때를 놓친다. 전자책보다 종이책을 좋아하고 이메일보다 손편지를 더 좋아한다. 고지식해서 한번 마음에 든 화장품이나 브랜드는 잘 바꾸지 않고 골라 쓸 줄 모른다. 쓰면 쓸수록 느끼는 건 나는 참 촌스러운 사람이란 것과 나에 대해서도 아는 게 생기면 그때그때 기록해야 된다는 것. 나에 대해 쓰는 것도 이렇게 어렵고 까마득한데, 다른 사람에 대한 기억은 어떨까. 함부로 해선 안 되는 이유다. 다 안다고 자신할수록 자신 없어진다. 나열하면 할수록 끝이 없는 어둠 같다. 기억이란 게 이렇게 무겁고 무서운 거다. 내가 자신하고 썼던 그동안을 자꾸 돌아보는 이유다. 어쩌면 잊지 못한 건 내가 아닐 수도 있고 잊혀 진건 내가 아닐 수도 있다. 촌스럽게 별걸 다 쓰고 있다.

내가 가장 잘 하는 것

떡볶이 한 판만 파는데 손님들이 줄 서서 그냥 돌아가기 일쑤라 잘 팔리는데 더 만들어 파시지 그러냐고 묻는 제작진에게 할머니는 단호하게 말했다. 손님들에게 자신이 즐거운 마음으로 가장 정성 들여 맛있게 만들어 팔 수 있는 건 한 판이라며 그 이상을 만들어 팔면 돈은 더 벌겠지만 내가 힘들어서 손님들에게 그게 다 맛으로 전해지는 거라며 내가 즐겁고 건강해야 맛있는 떡볶이를 오래 만들어 드릴 수 있지 않겠냐며 웃으시는 거다.

물론 장사는 돈을 버는 일이지만 나와 손님 사이에 약속 같은 거고 믿음 같은 건데 조금 더 일찍 열고 늦게 닫으면 돈이야 더 벌겠지만 아파서 문 닫는 시간이 많아지고 지쳐서 아무렇게나 만들어 내보내면 끝이 아닌 것이다. 그래도 힘내라고 아프지 말라고 다시 찾아준 손님들은 건강이 최고라며 커피수기 없어지면 안 된다고 쉬엄쉬엄하라고 말해주는 분들이 있어 힘들지만 단호해져야 했다. 어차피 누가 대신해줄 수 없는 내 삶이다. 내가 나를 가장 잘 아니까. 내가 좀 더 즐겁게 일할 수 있는 방법을 찾고 설사 그 과정에서 기대와 다르게 흘러간대도 부딪쳐보고 또 배우고 얻는 것도 있으면 잃는 것도 있고 그렇게 포기하는 게 아니라 그렇게 해보기로 마음먹는 일. 골목식당 백종원 대표가 원래 장사 처음 시작할 때 살이 쭉 빠졌다가 어느 순간 살이 다시 찌기 시작한다고 그게 이제 몸에 배기 시작해서라고 여유가 생긴 거라고 했다. 이제 나는 밥을 먹다가도 입안에 밥이 한가득 이어도 웃으며 손님에게 인사하고 한가한 시간엔 글도 쓰고 간식도 즐겨 먹는 여유가 생겼고 단골 손님들과 이런저런 얘기도 나눌 만큼 편해졌다. 아직도 멀었지만 그래도 같이 가 보기로 마음먹은 뒤로 조금씩 자연스럽게 몸과 마음에 배어 익어가고 있는 기분이랄까.

사는데 정답이 없는 것처럼 장사든 글을 쓰든 뭐가 맞고 틀리다고 딱 선을 긋고 말할 수 없다. 자기 자신에게 계속 묻고 따지며 조금 더 즐겁고 마음이 가는 방향으로 가고 있을 뿐. 조금 다른 길일 수도 있고 남이 가는 길이 더 좋아 보일 수도 더 빠른 길일 수도 있지만 나는 나대로 가기로 한다. 그래도 포기는 아니라고. 내가 부딪혀 얻은 내 몸에 밴 여유는 남 보기에 보잘것없어 보여도 나만 아는 비법 같은 거다. 장사를 하면서 글을 쓰면서 살면서 나를 위해 써먹을 수 있는 내가 가장 잘 아는 것. 내가 해봤으니까 가장 잘 할 수 있는 게 있다. 이미 능숙해진 건 오래인데 나만 모르고 조급하고 다그친 걸지도 모르니까. 누가 뭐라 해도 나는 나를 가장 믿어야 한다.

따뜻하게 입고 다녀

봄이 오니까 졸리고 여름 오니까 네 생각이 나고 가을이니까 쓸쓸하고 겨울은 춥고 한가해. 계절 탓만 하고 계절 뒤에 숨어 쓰고 계절에 맞지도 않은 옷은 입고 혼자 아프지. 다들 계절에 맞게 잘살고 있을 텐데, 나 혼자 겉돌고 있는 기분. 빙하가 녹고 있어 그래. 언젠가부터 나만 그런 게 아니라 위안 삼아 살아. 내가 무슨 얘기만 하면 풉- 하고 웃던 너도 어딘가에서 어느 계절에 울다 웃는지 가끔 궁금해. 내가 다녀간 계절도 있는지 오늘 날씨만큼 변덕스러운 마음에 어지러운 적은 있는지 이제 꼭 내가 아니더라도 가끔 다녀가는 당황스러운 날씨에도 아프지 말고. 따뜻하게 입고 다녀. 그렇게 말해주던 넌 계절에 상관없이 내게 힘이 되니까.

한편

책방에서 참가자분들의 사연을 듣고 시를 써드리는 작은 워크숍을 한 적이 있다. 과연 신청하는 분들이 있을까 싶었는데 다섯 분이 솔직하게 적어 내려간 사연을 메일로 보내왔다. 다른 사람의 이야기를 내 감성으로 풀어 쓴다는 일이 처음엔 부담도 되고 공감하지 못하면 어쩌지 내가 잘 쓰지 못하면 어쩌지 걱정이 컸다. 사람 사는 거 다 똑같다고 하지만 사랑하고 이별하고 살면서 겪는 사연엔 비슷하면서도 또 구석구석 자세히 보면 다 다른 결이 있었다.

그 결을 내어주는 일이 시라고 생각했다. 그 결마다 느끼는 감정에 내가 다가가 나의 일처럼 받아 적는 일. 시작은 어려웠지만 한 편 한 편이 자연스럽게 곁으로 가 읽어가면서 손에 잡히기 시작했다. 늘 내 얘기만 쓰다 보면 어느 순간은 지루하기도 하고 빤하기도 하고 밑천이 다 드러난 한계 앞에 아무것도 아닌 나를 마주하는 순간이 온다. 그때 만난 참가자분들의 사연은 내게 시가 되고 시인이 되고 다른 시간을 살았지만 마치 같이한 시간처럼 설레고 색다른 선물과도 같았다. 그런데도 책방에 모여 내가 써간 시를 읽은 한 분 한 분이 내게 고맙다고 전해올 때의 감동이란 말로는 표현하기가 힘들다. 갑자기 울컥한 나는 그 자리에서 같이 울 뻔했다. 서로 모르고 살았던 시간들을 시 한 편으로 정말 한편이 된 것 같은 끈끈한 우정 같은 게 생겼다. 이미 세상에 나와 있는 소재와 단어를 모아 다르게 써야 하는 문학세계에서 이보다 더 든든한 내 편이 또 있을까. 살아온 삶도 다르고 나이도 사는 동네도 직업도 다 다르지만, 우리가 모인 이 시간, 시, 합체 그 이상의 표현은 모르겠다. 그날의 기분을 한마디로 말하라면

딱, 한편.

뜻밖의 네잎클로버

어느 순간에 어떤 모습으로
찾아오더라도 알아봐 주는 거
진심이 닿았던 입에서 입으로

오늘도 행운을 빈다

3장

상처받지 않을 자격

불과 몇 시간 전, 세탁소 손님과 불편한 일이 있었다. 지칠 때로 지친 우리는 그래도 늦지 않게 밤 비행기를 타고 제주에 와있다. 아무 일 없듯 먼저 와있던 오빠 부부와 흑돼지를 구워 먹으며 그 불편한 일을 아무렇지 않게 얘기하며 각자의 방식대로 위로했다. 너무 흔한 일이라, 그러면서도 상처는 그대로다. 말 한마디에 인생이 달라지는 건 아니겠지만 말 한마디에 희비가 교차하고 그 많은 말이 아무렇지 않게 뱉어지는 동안 상처에 익숙한 사람은 없다. 자기위안일 뿐이다.

그래도 제주 밤공기를 온몸으로 안으며 마음도 조금 느슨해진 걸까, 느긋해진 걸까. 다 잊고 즐겁게 놀다 가자고 했다. 이미 지나간 일에 연연해 지금, 이 순간을 망치지 말자고. 그러면서도 숙소에 도착해 누워 천장을 바라보고 있다 생각했다. 얼마 전 방송에서 엄마가 제주에 사는 사람들을 보며 저기 가서 우리도 마음 편히 살면 좋겠다고 지나가듯 했던 말들이 돌아와 가슴에 박힌다. 이제야 조금 아프다. 아까는 분하고 화나는 마음뿐이었는데, 그렇게 엄마 마음을 쉬지 못하게 한 것 같아 아팠다. 엄마는 성격이 좋아서 그래도 그런 일이 있을 때마다 잘 넘기고 있다고 생각했던 내가 좀 바보 같았다. 그때그때마다 엄마 속은 다 체하고 있었다. 병원에서 의사에게 뇌경색 전조증상에 대해 들었을 때도 이미 오래전부터 조금씩 터진 자리가 수십 개라고, 사레가 자주 걸리는 것도 그 때문이라고 그런 말들이 쉽게 와닿지 않았던 것도 너무 당연하게 생각해서. 어쩌면 그 손님보다 내게 더 화를 낸 건지도 모르겠다. 엄마는 더 이상 상처받으면 안 된다고 쓰러지면 당신이 책임질 거냐고 따져 물었지만 내게 하는 말일 수도 있다. 여자로서 딸로서 같은 길을 가고 있다고 생각했지만, 누구보다 이해한다고 자신했지만 길목 길목마다 마주하고 부딪치는 오만은 그 손님과 내가 다를 게 없어 보였다. 내가 엄마를 위해 대신 싸워주는 일보다 엄마를 위해 즐거운 날들을 만드는 일에 더 마음을 써야 한다는 걸 매 순간 알지만, 또 쉽게 넘어가지가 않는다.

잠이 쉽게 오지 않는 제주의 밤. 엄마가 그리던 제주의 모습을 나 역시 그려본다. 나도 그때가 되면 체한 말들이 상처가 되어 터지지 않게 잘 쓰고 싶다. 상처 주지 않고 상처받지 않을 자격이 우리에게도 있다. 골고루. 당신에게만 있는 것이 아니라 당신에게도 있는 것일 뿐. 왜 이런 말은 다 지나가고 쓸 수 있는 것일까.

나의 뮤즈

내 입맛은 참 구수하다. 회사 다닐 때 점심 메뉴를 고민하다 뭐 먹을래 나한테 물으면 난 밥이요! 했다. 집에서도 먹는 찌개를 너는 밖에 나와서도 먹느냐며 핀잔 주는 동료들도 있었지만 난 말 그대로 밥순이였다. 편식이 있는 편이지만 백반집은 다 좋았다. 날 유난히 예뻐했던 광화문 백반집 할머니는 잘 먹어서 좋다며 밥을 양푼에 리필해주시곤 했다.

그걸 잘 알았던 그 사람은 늘 종로 생선구이 골목으로 나를 데려가 내가 제일 좋아하는 고등어구이를 시켜 밥을 다 먹을 때까지 가시를 발라 밥 위에 놓아주곤 했다. 삼청동 한식집이나 인사동 백반집 종로 된장찌개집이나 맛있는 밥집을 알아내면 꼭 나를 데려갔다. 그렇게 걷다가 인사동 뒷골목에서 손으로 만든 노트나 연필을 몰래 사 뜬금없이 전해주고 여기다 글 쓰라며 꼭 손으로 쓴 편지까지 넣어놓곤 했다. 걷는 걸 좋아하지 않던 내가 그 사람이 손잡아 끌어당기면 어디든 얼마든 걸어도 좋았던 시절이 있었다. 구석구석 걸으며 나를 담아 준 사진들을 한 번씩 인화해 한 장 한 장 그날의 진심을 적어 선물하던 그 마음이 특별했다. 사랑이 뭐 별거냐고, 다 똑같다고 한다. 나 역시 특별할 것 없는 사랑을 했지만 나를 특별하게 만들어준 사람이 있었고 사랑받은 기억으로 기록할 수 있음에 고마운 거다. 화려한 선물이나 음식 같은 게 아니라 생선구이를 발라주던 마음이 가시처럼 걸려 오래 아팠던 사랑이다. 그 사람이 떠나서가 아니라 곁을 주던 나를 떼어내는 일이, 이제 그 사람의 바람처럼 글을 쓰고 있지만 전할 수 없는 과거형 문장으로 마치는 일이 서툴고 서러웠다고. 덕분에 나는 글 쓰는 사람으로 사는데 그 사람에게 나는 작은 무엇이라도 되었을지,

나의 소중한 뮤즈에게 나는.

내가 좋아하는 노래

박진영, 너의 뒤에서
김건모, 아름다운 이별
김광석, 잊어야 한다는 마음으로
이소라, 바람이 분다
김광진, 편지
하은, 더 사랑할게
토이, 내가 너의 곁에 잠시 살았다는 걸
에피톤프로젝트, 나는 그 사람이 아프다
거미, 그대 돌아오면
장필순, 나의 외로움이 널 부를 때
바이브, 미워도 다시 한번
롤러코스터, 습관
폴킴, 너를 만나

이렇게 내가 좋아하는 노래들을 생각나는 대로 나열하다 보면 자연스럽게 흥얼거리게 되는, 기억하고 있던 가사들에 새삼 새롭고 서럽고 그립고, 울다가 웃다가 멈췄다 다시 따라 부르게 되는, 자꾸 반복하게 되는 구절처럼 아픈 마디가 있어. 어차피 다 기억하지도 못해 드문드문 떠오르는 가사에 내가 좋아했던 사람이 생각나, 그렇게 쓰인 노래니까 누구에게나 그런 사랑이 있었어. 노래 가사가 다 내 얘기 같은 건, 그래서 작사가를 꿈꾼 적이 있었는데 시인이 되어버렸네.

해
보
고

처음 제주에 왔을 때 폭우로 성산일출봉 앞에서 아쉽지만 돌아가야 했다. 제주는 날씨가 도와야 한다는 말을 그때야 알았다. 두 번째 제주 여행은 날씨가 완벽했다. 성산일출봉 정상까지 날씨가 도왔는데 뭐가 어렵겠냐며 출발한 지 몇 분 지나지 않아 주저앉았다. 숨은 턱밑까지 차고 다리는 모래주머니를 달아놓은 것처럼 점점 무거워졌다.

아주 어린 꼬마 아이가 그런 내 옆을 기어서 오르기도 하고 초등학생 정도 돼 보이는 남자아이는 아직 삼 분의 일도 안 왔다며 빨리 오라고 엄마에게 다그치는 말에 나까지 뜨끔했다. 너무 힘들면 먼저 내려가도 좋지만 여기까지 왔는데 언제 또 여기를 올라온다고 쉬어서라도 천천히 따라오라는 말에 차마 나는 그만 하산한다는 말은 하지 못했다. 끝없이 이어지는 계단을 마주할 때마다 그만할까 싶다가도 그래 내가 또 언제 여기를 오겠냐며 같이 기다려주고 응원해주는 사람들에게 그래 나는 여기까지라고 포기하라고 말하고 싶지도 않았다. 에라 모르겠다, 언젠간 정상이겠지. 오르는 내내 수많은 사람들과 마주했고 수많은 나 자신과 또 마주했다. 남들이 듣기엔 별거 아닐 수도 있지만, 근육량이 거의 제로 상태로 여태껏 살았고 기관지가 좋지 않아 조금만 무리

해도 숨 쉬는 게 답답하고 초등학교 운동회 날 오래 달리기하다 쓰러진 것도 별수 없는 나인데 아, 어쩌란 말이냐. 농담처럼 일 년 치 운동을 오늘 다했다고 했지만, 사실과 가까워진 만큼 정상이 가까워지니 안도감과 정상에서 맞아주는 바람이 올라오면서 흘린 땀을 날려 보내니 눈에 들어오는 절경은 마음에 안정 그 이상이었다. 성산일출봉에서 천국과 지옥을 맛본 것이다. 사람이란 게 참 간사해서 이제 이곳은 이런 곳이란 걸 알았으니 다신 오를 일이 없을 것이다. 그러나 누군가에게 이런 나도 해냈으니 누구나 할 수 있을 거라는 말을 주제넘게 할 수도 있다. 비록 내려오는 길은 다리에 힘이 풀려 흔들리고 당장 안 쓰던 근육을 끌어모아 쓴 대가로 월요일 장사가 걱정되지만, 근육통쯤은 며칠 지나면 사라질 것이고 성산일출봉 정상까지 올랐다는 내 자신감은 오래갈 것이다.

어차피 후회는 똑같지만, 차라리 해보고 다신 하지 말자는 후회가 후련한 건 나뿐일까.

오늘의 날씨

일기예보와 다르게 오전에 그친다는 비는 오후 늦도록 그만둘 생각이 없어 보였다. 덕분에 며칠 이른 더위로 바빴던 시간들에 보상인가 뭉친 어깨를 주무를 시간도 있고 이렇게 글을 몇 자 적을 여유도 생겼고 점점 더 오락가락하는 환절기 날씨 탓에 레몬청을 덜어 따뜻한 물을 붓고 마시며 비 내리는 길을 내다보기도 하고 발걸음을 서두르는 우산 속 단골손님과 눈인사도 나눈다.

손님이 없어 앉아만 있다고 몸이 편치도 않다. 움직이면 움직이는 대로 가만 앉아있으면 또 그대로 허리도 아프고 일자목도 뻐근해 불쾌하다. 근육이란 게 많이 써도 탈이고 안 써도 탈이다. 봄이 되면서 슬슬 바빠지기 시작하니 조용하던 일자목이 또 말썽이다. 눈물까지 쏙 빼게 괴롭혀 정형외과까지 다녀왔는데 별 이상 없다는 말에 일자목이 원래 그렇다는 빤한 얘기에 십만 원짜리 주사는 거절했다. 물리치료라도 받고 가라는 말에 커피 팔러 가야 돼요. 이제 자연스럽게 말하는 걸 보면 웃프다고 할까. 웃기고 슬픈 감정, 요즘 내가 그렇다. 날씨만큼 오락가락 감정도 기복도 그렇다. 매일 장사가 잘 될 수도 없고 날이 좋아 장사가 잘되지 싶은 날 매출이 좋지 않을 때도 있고 이렇게 날 궂은날 오히려 찾는 손님이 많을 때도 있고 종잡을 수 없는 게 장사다. 문 열고 얼마 안 돼서 폭우가 며칠째 내리던 날 천장에서 물이 새 콸콸 쏟아지는 와중에 결국 머신을 사수하려 영업을 할 수 없다고 써 붙였는데도 그날따라 손님들은 계속 오고 죄송하다는 말만 수십 번 반복하며 돌려 보내는데 차라리 힘들어도 바쁜 게 낫지 이건 쉬는 것도 아니고 몸은 할 게 없는데 마음은 무겁고 아무것도 할 수 없다는 게 화가 나 못 견딘 적도 있었다. 지금은 웃으며 말하지만 그렇게 고되고 고마운 시간과 함께 나도 같이 성장했던 것 같다. 그래서 지금은 이런 한가한 시간에 큰 의미를 두지 않는다. 그저 주어진 대로 맞춰가며 사는 거다. 오늘은 나도 모르고 내일은 더 모르고 내가 아직 살아보지 않은 날들에 쉽게 장담하고 예측하고 고민하고 걱정하고 어쩔 수 없이 그런 날도 있겠지만 조금 더 유연하게 시간을 쓰면서 살고 싶다.

흐렸다 맑았다 다 좋을 순 없다, 일기예보처럼 매일을 거기에 기대 살기보단 내가 보고 느끼는 오늘의 날씨에 맞춰 움직이면 그만이다.

그대의 작은 시인에게

나는 책장에 가지런히 꽂혀 진열된 책들의 책등을 보면 나를 등지고 있는 것 같은 기분이 들 때가 있다. 펼쳐진 책 어느 한 페이지 한 구절과 우연히 눈을 맞춘다던가 때론 너무 자주 펼쳐봐서 한 귀퉁이가 돌돌 말아진 책들을 보면 손때 묻은 책일수록 마음이 많이 갔구나 싶어 괜히 정이 간다. 어쩌면 내가 쓰는 문장이 그렇게 누군가의 마음에 가닿았으면 싶은 걸지도. 뭔가 문학적으로 대단한 책이 아니라 작은 서점 어느 진열대 위에 놓여 사람들의 손이 자주 갔던 책, 자꾸 펼쳐 보게 되는 한 페이지에 어느 한 구절. 마음과 마음에서 멀어지던 언젠가의 사랑에 대한 기억을 꺼내 썼지만 가깝게 살았으면 좋겠다는 생각을 했다. 알게 모르게 사랑은 우리 곁에 있으니 나를 모르는 사람도 내가 모르는 사람도 자꾸 마음 가는 시와 그대의 작은 시인에게 가닿기를. 힘이 될지 모르겠지만.

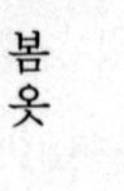
봄옷

봄이 온다는 길목에서
겨울 내 조용하던 눈이
느닷없이 쏟아지던 날

조용히 지나갈 줄 알았는데

여전해 넌

봄을 기대한 날
촌스럽게 만들지

우산을 써도 그대로 맞아버린
눈을 털어내며
오랜만에 멋 낸 봄옷은 젖어
축 처진 꼴이

나처럼

여전히 널 기대한 날
보란 듯이 묻어버리고

한참 쌓여가는 눈은 쓸쓸해
널 보는 내 눈은 늘 그랬어

봄은 오겠지
봄옷을 입고
나는 또 쓰겠지

내가 보는 계절과 다른
네가 다녀간 계절을

우리는 서로를 모르고

세탁소가 흐림이면 커피수기에도 물든다. 반대로도 마찬가지다. 함께라서 이겨내는 힘도 얻지만, 함께 무너지는 것도 동시다. 우리는 서로를 위로하지만, 자신의 감정을 일으켜 세우는 건 가족이라 해도 혼자만의 시간이 필요하다. 방심하다 큰 코 닥치는 환절기만큼 장마철 오락가락하는 구름만큼 오늘은 우리가 알 수 없다. 사랑하는 사이지만 미묘한 온도 차에 미세한 말투와 잠깐 스친 표정에도 무너졌다 가슴을 쓸어내리고 안도하고 다시 웃는 게 우리였다. 닮아가는 사이에도 별일은 다 있다. 사랑이 물들고 외로움이 물들고 예쁜 색으로 변했다가 애매한 경계만 생기고 옅어졌다 진해졌다 하루에도 수십 번 사랑했다 진다. 내가 웃으면 그가 따라 웃고 내가 울면 같이 울어주던 전염 같은 건 시간이 가면 사라지고 그래야 또 우리는 각자로 산다. 꿈자리만큼 사납던 하루 끝에 누군가의 노여움, 누군가의 눈물과 그걸 보는 누군가의 절망스러운 밤이 오면 다 지고 힘없이 쓰러져 누웠지만 쉽게 잠이 오지 않는 밤이다. 닮아가는 사이 우린 모르는 게 더 많다. 후회는 또 늦어버린 후다.

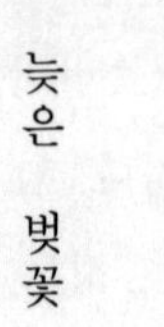
늦은 벚꽃

나는 늘 한발 늦은 벚꽃을 보고 있다. 그 계절에 맞는 벚꽃이 가장 아름답겠지만 사실 사람 많은 곳에서 휩쓸려 꼭 봐야 하는 건지 남들이 간다고 나도 가야 할 필요는 없는 것 같았다. 동네 어디를 걸어도 다 벚꽃인데 얼마나 더 특별한 게 있다고 굳이 찾아가나 싶었던 거다. 그래도 아쉽다고 좀 덜 복잡하겠지 싶어 밤늦게 찾은 여의도엔 비가 내려 다 떨어진 벚꽃뿐이었다.

바람까지 불어 흩날리는 벚꽃은 비에 젖어 축축했고 발밑에 밟혀 보기 싫게 늘어져 있었다. 그럼 그렇지, 내가 무슨 벚꽃이야. 그렇게 몇 걸음 걷지 못하고 돌아서 왔던 기억. 올해도 뉴스에서 지인들의 사진에서 벚꽃은 한창인데 내게는 먼 얘기 같으면서도 여유가 없는 것도 아닌데 쉽게 발이 떨어지지도 않는. 바쁜 점심시간이 끝나고 숨 돌리려고 동네 한 바퀴를 돌다가 아파트 단지마다 피기 시작한 벚꽃을 올려다보고 나도 보고 있지만 문득 사람들 틈에서 보고 싶단 생각이 스친 순간, 나도 나이 들었나. 밑도 끝도 없이 밀려오는 외로움에 당황스럽기도 하고 어차피 잠깐 피고 지는 꽃에 연연하지 말라고 타이른다.

토요일 가게를 일찍 마치고 가까운 데라도 벚꽃을 보러 가자고 마음먹었는데 역시 비가 내리기 시작한다. 찔끔찔끔 내린 비는 많이 오지도 않을 거면서 몇 시간 전만 해도 예뻤을 벚꽃과 내 마음만 우중충하게 건드리고 딱 그쳤다. 그래도 아쉬워 서성이는 사람들 틈에서 이번엔 좀 오래 걸었다. 그래도 아직은 기다리고 있었다고, 사이사이 핀 벚꽃을 가만 바라보다 생각했다. 내게도 가장 예뻤을 시절, 그 시절이 다 가버린 것처럼 내 나이가 뭐 그렇게 많다고 마음 접는 일이 쉬웠다. 그 계절의 맞는 꽃처럼 그 나이에만 볼 수 있는 것들이 있다. 아주 내 앞에서 사라져 버리는 것이 아니라 이렇게 기다려주기도 하고 지나치는 나를 가만 지켜보기도 했을 그 계절 끝에서 나는 꼭 한발 늦게 쓰고 있단 생각에 외롭고 순간순간 울컥했던 걸지도 모른다.

나만 기다렸던 게 아니라 누군가도 나를 위해 기다렸을 시간들이 있었을지도 모른다는 생각에 쉽게 돌아서 갈 수가 없었다. 내가 보는 게 전부일 리가 없는데 늦었다고 생각한 건 나 혼자만의 정리였던 거다.

나의 약손

조금만 예민해도 잘 체하는 편이다. 밥도 체하고 말도 체하고 막힌 걸 잘 풀어야 하는데 자꾸 급하게 밀어만 내니 좋게 말이 나갈 리 없다. 곁에 있는 사람에게 상처만 주고 정작 내가 더 서럽게 우는 심보가 뭔지 나도 모르겠다. 이해받고 싶다는 생각일까, 내가 무슨 말을 하고 어떤 모습을 해도 진심을 알아줄 거란 기대일까, 이기적인 거였다. 그래서 이렇게 글로 쓰면 한번 거르고 모난 마음들이 지나간 후라 정리된 듯 보이지만 실은 치유라고 생각하며 쓰지만, 더 무거운 마음과 묵직한 돌덩어리를 가슴에 얹고 쓰는 것과 같이 쌓이고 또 쌓인다. 매일매일이 같게 또 다르게 소란스러운데 그때마다 자연스럽게 비우고 자연스럽게 잘 말하고 싶다. 꼭 먹는 것만 체하는 게 아니라 살다 보면 말에 체하는 일이 더 많은 것 같다. 너무 많은 말에는 살도 있지만 뼈도 있고 가시도 있고 가지처럼 겹겹이 뻗어 마음에 감동을 주기도 하지만 마음에 상처도 된다. 예민하지 않을 수는 없다. 그때마다 내가 더 잘 소화하고 싶은 거다. 아무리 예쁜 옷도 내게 어울리는 게 중요한 것처럼 내가 소화할 수 있는 말을 하고 들을 준비를 하고 글을 쓰고 마음을 쓸어줄 수 있는 나만의 약손이 필요하다. 그건 아마도 내가 나를 가장 잘 알기 때문이다.

우리는 또 우리의 삶을 살다가

내 기억에 가장 생생한 이별은 어쩔 수 없이 할머니의 장례였다. 살면서 친구와, 연인과 그냥 알게 모르는 인연과도 수 없는 이별을 했지만 내 곁에서 아주 영영 없어지는 경험은 할머니가 처음이었으니까.

아무리 많은 이별을 하고도 그때마다 이별은 처음이라 처음은 언제나 어렵고 어설프고 서글프다. 이별을 하고도 어딘가에 잘 살아있을 거란 여지가 남은 사람이 그리운 것과 그런 여지 하나 없이 훅 불면 날아가 허공에 감쪽같이 사라지는 한 줌 재가 된 할머니를 보고 마지막 인사를 하는 일은 어떻게 표현을 해야 하나 어렵다. 한겨울 몸을 베는 추위 속에서 할머니가 가는 날은 거짓말처럼 따뜻했다. 그래서 더 아픈 날로 기억된다. 죽어서도 순서를 기다리고 한 시간이 넘게 대기를 하고 각자의 자리에서 서로 다른 죽음을 바라보며 뼈 몇 조각 그 다음 재가 된 것까지 너무 허무한 죽음. 기다려주지 않는 정해진 시간에 울어야 했고 서둘러 이동해야 하고 이별을 인정하고 이해하는 게 사치 같았다. 누군가의 그래도 부모님보다 할머니라 다행이란 서투른 위로에 내 입장에서 아주 틀린 말은 아니지만 내 아버지에겐 하나뿐인 엄마였는데 좀 다르게 말할 수도 있지 않았을까. 어차피 감당은 당사자인 우리의 몫이지 그 사람들에게 이해받고 같이 울어야 할 이유는 없는 것이다. 그래도 나는 그 와중에 서둘러 적었던 것 같다. 잊지 않으려고 우는 와중에도 의무처럼 쓰고 있는 내 자신에 당황스럽기도 했지만 내가 할 수 있는 일이 또 이것뿐이란 생각에 부지런히 할머니를 기억하고 이 이별이 쉽게 사라지지 않게 기록하자고 마음먹기 시작하니 마음이 좀 풀어진 것 같다.

할머니의 여행이 시작되고 우리는 또 우리의 삶을 살다가 어느 길목에서 그리운 순간을 만나면 먹먹해지다 함께했던 기억으로 더 열심히 살아갈 것이다. 나이가 먹어도 이별은 늘 서툴고 어렵고 해봤다고 더 익숙해지고 싶지도 않다. 그럼에도 더 잘 살고 싶은 건 앞으로 기록해야 할 내 삶과 사랑했던 사람들과 기억이 눈부시게 소중해서다.

혼자 남아 쓰는 일

가끔은 쓰는 일이 참 피곤하다. 누가 시키지도 않았는데 남들은 그저 보고 즐기는 것을 나는 쓰느라 바쁘고 마치 아름다운 풍경을 보고도 사진 찍는데 정신 팔려 제대로 느끼지 못하는 사람처럼 시간이 지나고 사진을 보고서야 그때가 그립다. 눈에 담고 마음에 담는 일이라 생각했지만 생각해보면 서둘러 담아놓고 나중에 다 꺼내 보면 될 줄 알았고 내 앞에 있던 사람이나 같이 보고 느끼던 그 날의 감정들은 지나간 후엔 소용없다. 글의 소재로 쓸모는 있을지 모르겠지만 정작 내게 남은 건 부재와 후회뿐이다.

혼자 남아 그 일을 해내는 내가 뿌듯할 때도 있지만 온전히 혼자 남아 쓰는 일은 생각보다 지치고 외롭다. 울다 마음이 텅 빈 채로 할머니가 한 줌 재가 된 걸 두 눈으로 마주하고도 돌아서 썼다. 글을 쓰면서 빈자리를 채운다고 생각한 적도 있지만 조금만 생각해보면 그게 말이 되나. 그저 내가 조금이라도 편한 마음으로 살려고 애쓰는 정도밖에. 애쓴다. 사랑한 애, 슬픈 애. 그때그때 최선을 다해 사랑하고 최선을 다해 울지 못한 사람의 고백이다. 미련이 남아서 할 말만 길어진다.

여행

모르는 어떤 이가
읽는 약이 필요해
내 책 한 권
그 속에 시 한 편
그 와중에 담은
문장 하나를 골라
경주에서 서울까지
곁에 두고 같이 왔다고

그 소식에
움츠려 굳었던 내 마음도
풀리고 내게 약이 된 것 같아
무겁고 감사한 마음을 전하며

내일은 좀 따뜻한 봄이 오려나

모르는 그에게도
그랬으면 좋겠다고

훌쩍 떠난 곳에서
무엇이 되었든 곁에 있기를

글에나마

4장

나는 행복해

정신없이 점심시간이 지나가고 뒷정리하는 내게 갑자기 아부지가 행복하냐고 물었다. 매일 붙어있으면서도 그런 질문은 처음이라 당황해서 행복하지 그럼, 하고 헛기침만 했다.

며칠 전 어느 방송에서 시골에 사는 엄마와 아들이 나왔는데 아들이 도시생활을 접고 시골에 내려와 엄마 일을 도우며 사는데 엄마는 매일 빼먹지 않는 게 아들에게 행복하냐고 묻는 일이라고 했다. 어렸을 땐 뭣 모르고 키우기 바빴고 커서는 저 혼자 서울로 가 좋은 학교도 다니고 번듯한 회사도 다니고 그렇게 번 돈으로 가끔 용돈도 부쳐주곤 했는데 생각해 보니 다시 엄마 품으로 돌아오기 전까지 그저 그게 행복인 줄 알았지 행복하냐고 아들에게 물어본 적은 없는 것 같아 그게 가장 마음이 아프다고 했다는 거다. 그래서 지금은 매일 붙어있으면서도 하루의 시작은 행복하냐고 묻는 일이라고 했다.

그걸 보고 아부지가 무슨 생각을 한 건지 조금은 알 것 같으면서도, 다는 모르겠지만 무뚝뚝하던 경상도 사나이가 딸에게 행복하냐고 묻는 그 순간이 난 또 갑자기 먹먹한 건지. 장사를 시작하고 자신과 닮은 삶을 살고 있는 딸에게 티 나지 않게 응원과 위로를 보낸 걸 안다. 꼭 말로 하지 않아도 그냥 아는 것도 있다. 같은 일을 하다 보니 붙어있는 시간도 많아지면서 부딪치는 일도 많고 생각이 다르면 나는 직설적으로 말하는 성격이고 아부지는 자신이 인생의 장사의 선배로서 아버지로서 하는 말을 내가 저버리는 것 같아 서운한 적도 많았을 거다. 커피수기를 시작하고 몸과 마음이 많이 지쳐있을 땐 나도 아부지처럼 일만 하다 친구도 없고 내 시간도 없고 그렇게 외롭게 살면 좋겠냐고, 나는 그냥 적당히 일하고 글도 써야 하고 내 시간도 필요하다고 그렇게 속으로 따져 물은 적도 많지만, 누구보다 그런 나를 마음 아파하는 사람이 아부지인걸 또 너무 잘 알아서 밖으로 드러내진 못한다.

늘 영업시간은 손님과의 약속이고, 모진 말을 들어도 손님이 먼저 내가 참아야 하고, 내 마음 다치는 것보다 손님 마음 상하게 해선 안 된다고. 함부로 말하고 무례하게 행동해도 똑같이 하면 안 된다는 말이 머리로는 알겠는데 마음으론 다 받아들여지지 않았다. 그걸 다 참아내고 여기까지 온 아부지가 존경스러우면서도 나는 누군가의 존경보다 지금의 내 자신이 존중받길 바라고 장사가 뭐든 사람과 사람이 하는 일에 더 낮은 쪽이 어디 있냐고, 그런 무의미한 말싸움은 우리에게만 불리하고 소모되는 아무도 알아주지 않는 상처만 될 뿐이었다. 어쩌면 그 물음은 지금껏 한 번도 누군가 아부지에게 물어봐 준 적 없는 그래서 대답해 본 적도 없고 행복한지 자신에게 물어볼 기회도 없었던 것에 대한 후회고 회한일지도 모르겠다. 나는 아부지 덕분에 이렇게 잘살고 있고 행복하지 않을 이유도 없지만 아부지에게 행복하다고 얘기해준 적도 없었다. 자식의 행복이 자신의 행복이라 믿는 부모에게 진짜 효도는 내가 최선을 다해 행복해지는 것.

아부지, 행복해?

그때가 아니면 아무것도 아닌 일들

때 이른 폭염으로 모두가 지친 하루였다. 사는 게 뭐 예상치 못한 사건과 상황으로 우린 늘 겪어보고도 처음인 것처럼 당황하고 지치고 그러다 또 적응하며 익숙해진다. 때 이른 더위는 비가 내리면서 사라질 거라는 오늘의 날씨를 들으며 난 왜 또 주책이지 네 생각이 났을까. 너무 자연스러운 일이다. 언젠가 이별을 폭염주의보에 빗대어 쓴 시가 있다. 그 시가 나를 시인으로 만들어주었고 그렇게 여름과 폭염과 너는 떨어질 수 없는 사이가 되었다. 누군가는 내게 이별의 시인이라 이름 붙였고 한참 사랑할 때 사랑스럽게 쓴 문장조차 슬프다고 했다. 그건 아마도 이후에 사람도 만나고 사랑도 했지만, 마음속 깊이 남아있는 그 날의 감정이나 기분 분위기가 자연스럽게 일어나기 때문에. 가만 보면 모든 게 자연스러웠던 계절과 날씨처럼 조금 이르고 더딜 수는 있어도 그렇게 정해져 있던 우리가 만나고 헤어지는 동안에도, 무수히 많은 처음과 설렘과 기대가 무너지는 동안에도 저대로 가고 있을 뿐이었다. 변한 건 견디지 못한 우리 둘뿐. 비가 오기 전엔 꼭 몸살처럼 찾아와 후덥지근해 작은 일에도 짜증 내기 쉽고, 비가 올 걸 알면서도 그저 지금이 괴로워 멀어지는 상황에 있었을 뿐, 폭염 때문은 아닌 거란 걸 인정하기까지 오랜 시간이 걸렸다. 사랑과 이별에는 저마다 때가 있다. 그때가 아니면 아무것도 아닌 일들인데 말이다.

바람 불어와

기분을 바꾸려 이불을 새로 깔고 그 위에 새로 산 책들을 올려놓고 사진을 찍었다. 그저 좋은 방향으로 자리를 잡아보는 것, 내 마음에 들면 그만이다. 어쩌다 눈에 든 이불 색이 평소엔 좋아하지도 않던 핑크색이다. 아주 쨍한 핑크는 아니고 톤 다운된 파스텔 톤 핑크가 은은한 게 마음에 들었나 보다. 침대 시트가 차콜이라 마침 둘이 잘 어울릴 것 같아서.

요즘은 사놓은 책들도 다 못 보고 쌓여만 가는데 그래도 또 새로 나온 책이 눈에 들어 주문을 눌러버렸다. 그렇게 또 쌓여갈 책들이라도 어쩔 수 없이 내가 좋아하는 힘을 얻는 건 책들 그대들뿐. 그렇게 다 모아놓고 가장 좋은 방향으로 자리 잡고 사진에 담으니 역시, 기분전환이란 게 별거 있나. 어차피 큰 사건 사고 없이 소소하게 수시로 나를 드나드는 기분들에 크게 연연하지도 무시하지도 못해 작은 이벤트 정도로 마무리하는 정도. 내 기분은 나의 것, 마음속에 감정과 갈등이 갈대처럼 흔들려도 결국 내 자리로 방향을 잡는 것이 가장 좋을 것이다. 남들이 보는 내 쪽은 조금만 시선을 틀어도 다르게 보일 수 있어 이렇게 나를 쓰는 일도 어쩌면 나란 사람을 조금 더 잘 보일 수 있게 포장하는 일이 아니라 방향을 바로잡아 보는 일이라고 생각한다. 읽는 사람은 나를 모르고 내 글을 읽고 얼마든지 다르게 생각할 수 있다. 그때마다 나를 설명하고 단정 지을 수 없고 그럴 일도 아니다. 매 순간 변하는 기분처럼 나도 내 안에서 치열하게 살고 있고 그 순간을 쓰는 일이 나를 괴롭히는 일이 아니라 좋은 기분으로 좋은 방향으로 갈 수 있게 해준다면 읽는 사람에게도 다를 순 있지만 좋은 감정이 공유된다고 믿고 바랄 뿐이다.

내 바람은 내가 간절한 쪽으로 불어온다고, 불러온다고.

온도의 차이

뜨거웠던 한낮이 지나고 서늘한 밤이 오면 그 경계에 나는 조금 위태롭다. 의사선생님이 그랬다, 원래 새벽에 온도 차가 커지면서 더 아프고 그렇다고. 그렇게 나는 그 사람이 다녀간 새벽이면 뒤척이다 일어나 앉아 숨을 고르고 못 견디겠으면 진통제 한 알을 먹고 쓰린 속을 잡고 다시 누웠다. 쉽게 잠들지 못하고 쉽게 잊지 못하는 정신을 붙들고 얼마의 시간이 지났을까. 아침이면 신기하게도 멀쩡하게 집을 나서 일을 하고 사람들과 떠들고 웃다 지친 몸으로 집으로 돌아와 또 밤이 되면 나는 또 아픈 것 같고 아플 것 같고 아픈 건가 모르겠다. 애매해진 우리의 사이만큼 경계에서 우리를 경계하는 듯 몽롱한 밤사이를 지나간다. 위태롭지만 위로가 되는 건 그사이 어딘가 한낱이 되어버렸지만 뜨거웠던 우리가 있었고 온도 차일 뿐이지 식어버린 시절도 온전히 우리의 것이었단 것 말고는 모르겠다. 미련인지 미움인지 후회일까 후련한 걸까 기다렸는지 기대려 했는지 누군가 하나의 잘못이라 선을 그은 적도 있었지만 이제 그 경계에서 더한 것과 덜한 온도의 차이 그 안에 셀 수 없이 많은 오차와 오해, 오래 모르고 모른 척했는지 생각은 늘 위태롭게 혼자서다.

힘이 될지 모르겠지만

나는 보통 글을 쓰면 다른 사람에게 먼저 읽어보라거나 평가해달라는 편은 아니다. 문예창작과 시절에 비평과 비판 사이 모호한 토론과 평가에 질린 것도 있고 내 고집일 수 있지만, 글이 워낙 주관적이라 세상에 나오기도 전에 흔들리고 휘둘리다 보면 내 글이 아닌 것 같기도 하고 그런 점에서 보통 혼자 정리하는 시간을 갖거나 유일하게 보여주고 얘기하는 친구는 나의 뮤즈이자 팬 1호 예임이다.

예임은 글을 쓰는 친구도 아니고 그저 책 읽는 것을 좋아하고 혼자 여행도 많이 다녀보고 나보다 다른 경험을 많이 한 친구이자 예전에 자주 쓰긴 했지만 남다른 유쾌함을 가지고 있어 평가보다는 첫 번째 독자로서의 읽은 느낌을 가감 없이 얘기해주는 게 좋다. 연애 경험도 폭이 넓고 남다른 소화법처럼 모든 걸 수용하고 모든 걸 비워낼 줄 아는 쿨함이 부러운 적도 있었다. 너무 많은 생각보다 그렇다고 그 깊이가 낮은 게 아니라 복잡한 것보단 간결하고 담백한 걸 좋아하는 친구라 내가 쓴 글을 읽으면 그 연장선에서 풀어서 얘기해주곤 한다. 같이 글을 쓰는 친구는 자신의 글에 대한 주관과 가치관으로 글을 평가해야 한다는 강박 같은 게 어쩔 수 없이 나오고 그저 너무 친한 친구는 무조건 좋다는 식의 배려 때문에 내가 쓴 글을 먼저 내보인다는 게 망설여지는 게 사실이다.

예임이 처음 내가 쓴 시를 읽고 했던 말 때문에 그 이후로 내 글을 처음 보는 사람은 자연스럽게 예임으로 정해졌는지도 모르겠다. 가만 읽더니 아무 말이 없어 좀 긴장하기도 하고 그렇게 이상하냐고 괜히 되묻기도 했는데 '나는 네가 그때 그렇게 매일 나를 붙잡고 얘기해도 사실 왜 그렇게까지 슬픈지 잘 몰랐는데 이 시를 읽으니까 네가 어떤 마음이었는지 알 것 같아서 눈물 나' 그 말은 어쩔 수 없이 내게 가장 주관적인 평가였고 공감이었고 위로였다. 백 마디 말로도 표현하지 못할 감정들을 몇 가지의 단어와 몇 줄의 문장으로 나와 다른 남에게 닿을 수 있다는 것을 알 것 같아 그 마음이 느껴진다는 것은 대단한 일이다. 존경하는 작가에게 인정을 받는 일보다 더한 일일 수 있다, 적어도 그때의 나에게는. 그 힘으로 지금까지 내가 글을 써올 수 있었는지도 모른다.

그 이후로도 그 친구는 어김없이 내 감정의 속도 조절 역할을 해줬다. 이 글을 읽는다면 자기가 무슨 그런 일을 했었냐고 당황할지도 모른다. 문예창작과 시절만 해도 내가 첫 문장으로 쓰기도 전에 앞서는 감정 때문에 먼저 울어버리고 먼저 지쳐버렸던 것 같다. 그렇게 끌고 가는 문장이 엉터리라고 할 순 없지만, 힘이 없었다. 내가 곧 글인데 그 힘은 다르지 않았다. 내가 생각하는 것 내가 자신 없으면 글도 그랬고 읽는 사람도 그랬고 내가 울면 글엔 더 울었고 읽는 사람은 더 피곤했을 거다. 그 친구는 너무 슬픈 드라마나 너무 슬픈 책은 자신에게도 울어달라고 강요하는 것 같아 거리를 둔다고 했다. 너무 가깝게 슬픔이 느껴지는 게 부담스럽다고 했다. 그래서 내 시를 읽으면 네가 쓴 것 같지 않게 담담해서 건조해서 당사자가 너인 줄 모르겠는 게 좋다는 이상한 말을 했을 때도 이상하게 나도 좋았다.

내가 쓴 글은 온전히 내 글인 줄만 알았는데 읽는 사람의 글이었다가 읽다 만 사람들의 글이기도, 어떤 기분과 감정이 따르던 그들의 글이기도 했다. 한두 사람의 공감을 못 받았다 해서 버려져도 되는 글이 아니고 한두 사람만 공감했어도 버려지면 안 되는 게 글이기도 하다. 사실 내 얘기를 진심으로 쓰다 보면 어쩔 수 없이 내 아킬레스건 같은 게 있을 수밖에 없다. 내게는 가족이다. 그래서 이렇게 수기를 쓰는 경우엔 더《세탁소》를 쓸 때도 그렇게 많이 울어

본 적은 없었다. 울면서 쓰고 퇴고를 하면서도 울고 책으로 나왔을 때도 다시 읽다가 누군가의 리뷰를 보다가도 시시때때로 울음이 터졌다. 그 어느 때보다 그 누구보다 솔직했으므로. 그래도 누구 하나 짜증 난다는 사람 없이 같이 울었다는 소감을 들으며 부끄럽지만 자신한다면 강요에 의해서 쓰인 글도 아니었고 소량으로 만든 책이라 많은 사람들에게 읽히길 바란 것도 아니었는데, 그저 나와 내 가족이 기억해야 할 기록 같은 거라 마음도 손도 최선을 다해 썼던 기억만 있어 누군가 이 부분을 읽고 울어야 할 텐데 감히 그런 생각을 해볼 새도 없이 쓰여 다행이다 그런 마음. 글을 쓰면서 스킬이 늘어나는 것보다 그런 마음을 헤아릴 줄 아는 나만의 노하우가 생겼으면 좋겠다. 조금 촌스럽고 겉으로는 딱딱해 보여도 그 안을 들여다볼수록 따뜻한 마음이 내 마음 같을 때, 같이 읽어 더 좋은 같이 울어 더 좋은 힘이 되고 싶다.

스키장에서

겨울 끝자락에 눈을 밟는다
이내 부서지고 녹아내린 눈은
힘이 없다

보이는 건 눈인데
속은 텅 빈 내 눈 속과 같다
힘없이 흘러 여기까지 왔다

신나지도 우울하지도 않은데

봄을 설레며 눈 속을 헤집고 다니는
사람들의 모습은 가벼운데
옷도 가벼워지고 표정도 한결 편하고
눈 위를 걷지만 햇살 안에 있다

이제 끝물인 스키장은
아직도 사람들로 가득 차고
남은 시간이 얼마 없다는 듯
부지런히 더 부지런히 움직인다

나는 한가운데 멈춰서
갖춘 장비 하나 없이
펜스 앞에 막혀서

눈을 보고 눈을 본다

누구 하나 마주치지 않고
내 옆을 슥 지나가는 기분이
썩 나쁘지 않다

높기도 하고 낮기도 하고
빠르기도 느리기도
한 번에 두어 번 만에
넘어지는 순간 일어나는 순간
아주 작은 점처럼 움직이는 동안

나는 겨울이 아쉬운지
봄을 기다리는지 애쓰지 않는다

여기는 지금 그렇다

나의 사랑, 나의 자랑

기억이 흐릿하게 남아있지만, 엄마가 딸이냐고 묻는 사람에게 내 자랑을 시작할 때 '얘는 어려서 동네 꼬맹이들 모아놓고 장난감 하나 없이 책 읽고 뭘 가르치는 놀이를 좋아해서 선생님이 될 줄 알았는데 작가가 되었다.'고 한다. 학교에서 장래희망을 적을 때 작가라고 쓴 기억은 없지만 어릴 때부터 뭘 쓰거나 읽거나 하는 걸 즐겨 했던 건 맞는 거 같다. 선생님을 할 만큼 공부를 잘하지 못해 부모님께 죄송한 마음도 있었다. 내 책을 좋아하는 친구의 소개로 읽고 본인도 너무 좋아서 강연을 부탁해도 되겠냐고 어느 중학교 선생님의 메시지를 받았다. 실감이 나질 않고 내가 할 수 있을까 유명하지도 않은 내가 뭘 얘기해줄 수 있을까 걱정이 컸지만, 그때 떠오른 얼굴은 엄마였다. 그렇게 감사히 제안을 받고 중학교에서 강연을 하기로 한날 엄마는 우리 딸이 학생들 앞에서 강연을 하러 간다며 선생님 된 거나 마찬가지라고 좋아했다. 내가 글을 쓰면서 행복했던 건 아마도 내가 잘돼서도 내가 잘해서도 아니고 부모님에게 나도 자랑이 될 수 있어서다. 친구들 모임에 가서도 자식 자랑 한창이면 엄마는 우리 딸은 효녀라고 지지 않고 말했다지만 효녀도 아닌 나는 마음이 늘 무거웠다. 엄마 친구 아들은 서울대를 나와서 내 과외 선생님을 한 적도 있고 공무원이 되거나 누가 들어도 번듯한 직업에 학력에 내세울 게 많아 보였으니까. 그런데 이제 엄마는 우리 딸이 작가라서 부모 살아온 얘기를 글로 써서 출판사에서 책이 나온다며 효녀라고 친구들에게 자랑한다. 내가 뿌듯한 것보다 엄마에게 자랑스러운 문장 하나 더 보태줄 수 있는 게 행복하다.

내가 누구든 부모님은 나를 부끄러워한 적 없다. 어릴 적에 나는 세탁소가 부끄러운 적이 있었다. 다른 친구들처럼 큰 집이 아니라 회사에 나가는 아빠가 아니라 집에 놀러 오면 맛있는 거 해주는 엄마가 아니라 내가 모자란다고 느꼈던 안타까운 시절이 있었다. 아무것도 모르는 아이였다지만 그런 생각을 했다는 생각만으로도 내가 너무 창피해 더 부모님에게 자랑이 되고 싶은 마음이 컸는지도 모르겠다. 이제 나는 당당하게 작가라고 말하고 내 자랑을 내가 할 만큼 자존감이 높다. 내가 쓰는 글에 대해 내가 만든 책에 대해 얘기할 때면 눈빛부터 달라진다. 누가 들으면 우스울 수도 있지만, 부모님이 자랑스럽게 여기는 나는 누구에게도 꿀리지 않는다.

부모님의 사랑을 아낌없이 받으며 자란 나는 아낌없이 쓸 줄 알고 아낌없이 사랑할 줄 안다. 그것이 내 자신감이고 자존감이고 비교할 수 없는 나란 이름이다.

한 사람, 한 구절

이르게 여름휴가 준비를 한다. 햇볕을 가려줄 모자와 물놀이에 입을 수영복과 비치타월을 샀다. 내 인생 두 번째 해외여행이자 첫 번째는 워낙 어렸을 적이라 처음이나 다를 바 없을 괌 여행이 벌써 한 달 앞으로 와있다. 미리 예약을 하고 아주 멀게만 생각했는데 시간은 정말 갈수록 빨라지고 눈 깜짝하니 코앞이다. 괜히 장비를 마련하니 벌써 마음은 괌인데 정작 괌에 있을 나는 또 금세 돌아올 날에 아쉬울 거다. 달콤한 건 늘 순간이고, 사랑도 그랬다.

누군가를 알아가고 만나기 전 설렘이 가장 좋을 때라고 하듯 미친 듯이 사랑에 빠지고 시간은 흐르고 떠날 시간에 아쉽고 서운하고 그러다 돌아온 일상에 또 금방 익숙해져, 한여름 밤의 꿈처럼 한 번씩 찾을 때나 애틋하지 그 순간이 지나면 치열하게 현실을 깨닫는 것처럼 말이다. 주책이지만 가끔 누군가 다시 만나게 된다면, 그 생각으로 자주 입지도 않을 옷을 고르기도 한다. 사랑에 빠지면 보여주고 싶은 가장 환상적인 내 모습을 꿈꾸는 걸지도 모르겠다. 그러다 꿈에서 곧 깨어나 현실은 편한 옷, 이제 수영복마저도 부담스럽지 않은 걸로 고르고 보여줄 용기도 예뻐 보이고 싶은 욕심도 내려놓는데 익숙하고 귀찮은 게 사실이고 편한 게 최고다. 그런 사람을 만나 그런 사랑을 하려니 나이 먹고 여유가 있으면 더 쉬울 줄 알았는데 점점 더 어렵고 시간이 없고 핑계만 늘고 마음의 자리는 쉽게 비워지는데 살은 참 쉽게 찌고 있다. 애매한 내 나이가 되니까 이른 건지 이룬 건지 그 간격마저 애매해졌다. 여행의 시작이든 끝이든 사랑의 시작이든 끝이든 저 나름의 말 하고 싶은 문장 하나는 있겠지.

삶이라는 긴 글 속에 마음 쓰이는 한 사람, 한 구절이 있다면 내 나이가 어떻고 내 상황이 어떻고 그게 무슨 상관일까.

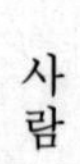

좋은 사람

나는 주로 사무직 아르바이트만 찾았고 또 그게 나한테 맞는 줄 알았다. 외향적이지 못한 면도 있고 나를 아는 지인들은 나를 '십 년 정도는 봐야 진짜 너를 알 수 있는 데'라며 안타까워했다. 처음으로 커피전문점 아르바이트 면접에 갔을 때 사장은 나를 빤히 보더니, 설거지는 해봤냐고 묻는데 속으로 설거지 한번 안 해 본 사람이 누가 있냐고 생각하며 질문이 좀 불쾌했다. 생긴 얼굴이 부티가 난다거나 화려한 편도 아닌데 어디서 그렇게 느꼈는지 궁금하기도 했다. 손님 응대가 주 업무인데 서비스직하고는 안 맞는 거 같다며 나를 딱 잘라 말하는데 좀 분하기도 하고, 밖으로 나와 친구에게 전화해 이러이러한 일들을 얘기하니까 단번에 너 또 정색하고 있었냐며 좀 웃지 그랬냐고 한다. 설마 내가 면접에서 웃지 정색했겠냐고 했지만, 거울을 보고 최선을 다해 웃는 모습은 사실 자세하게 자주 봐야 알 수 있기도 했다.

내가 처음 장사를 한다고 했을 때도 나를 십 년 이상 봐온 친구들은 정말 할 수 있겠냐고 걱정이 앞선 게 사실이다. 거울 보고 웃으면서 인사하는 연습 좀 많이 하라며 웃으며 얘기했지만 웃을 수만은 없는 뼈저리는 말들이었다. 언젠가 친척들이 모인 자리에서 내 얘기가 나온 적이 있는데 혜숙이가 어릴 때는 앞에 나와 노래도 잘 부르고 애교가 많았는데 크면서부터 말도 없어지고 잘 웃지도 않는다며, 오래된 비디오테이프를 꺼내 트는데 그 속엔 이빨 빠진 얼굴로 함박웃음을 짓고 캠코더 앞에서 알 수 없는 율동과 노래를 부르며 엄마, 아빠 사랑한다고 쉴 새 없이 외치는 내가 있었다. 언제부터였을까, 내가 그렇게 웃지 않았었나, 사실 지금도 집에서 애교 담당은 오빠가 나 대신이다. 우리 딸은 애교가 없다며 농담처럼 말하는 엄마 아빠에게 속엔 하고 싶은 말이 한가득인데 그게 참 쉽지가 않다. 돌아서면 후회하면서도 언제부턴가 나는 원래 그랬다고 했지만, 원래부터 그런 나는 없었다. 증거 영상도 찾았으니 더 할 말이 없다. 모두에게 나는 원래 그러니 십 년 이상은 지켜보시라고 할 수 있는 것도 아닌데.

아직도 나를 작가님이라고 부르고 사장님이라고 부르면 어색하게 웃고 속으론 좋아서 함박이면서 어쩔 줄 모르는 감사를 전한다. 지금은 촌스러운 사람이라 그런다고 사실 핑계처럼 이름 붙였지만 늘 쑥스럽고 고맙고 미안한 마음을 뭉뚱그려 표현하는 게 그런 식이다. 처음 오는 손님이든 자주 찾아 읽어준 독자분이든, 그들에게 나는 처음이나 지금이나 똑같아서 좋은 사람이면 좋겠다.

연장선

할머니는 아기의 모습으로 어쩌면 태어나기 전으로 돌아가셨는지 모른다. 부모님은 밥 먹다 자주 흘리고 생각나지 않는 단어를 한참 고르다 뱉는 말들은 또 자주 틀렸다. 자꾸 넘어지기도 하고 익숙한 공간 익숙한 모서리나 세탁기 문에도 이마를 찧고 방금 전에 일도 깜빡하는 일이 흔하게 일어나던 날들의 연속이었다. 옆 가게 사장님의 돌 지난 아기 '지오'가 자주 놀러 오기 시작했다. 아기의 서툰 모습을 보며 아부지는 우리도 이제 늙어서 아기 때로 돌아가는 거라며 웃으며 툭 던진 얘기에 나는 갑자기 왈칵 쏟아질 뻔했다. 이유는 모르겠다. 아니면 너무 잘 알 것 같아서 그런지도 모르겠다.

결과를 알면서도 우리는 저마다 치열하게 살고 있다. 죽을 만큼 힘들기도 죽기 싫을 만큼 행복하기도 하고 누구나 우리는 모두 죽는다. 그걸 안다고 해서 아무것도 하지 않고 죽음을 기다리는 사람은 없을 것이다. 사고로 예고 없이 죽는 사람들도 시한부 선고를 받고 죽을 날을 기다리는 사람도 그렇지 않은 사람도 차이만 있을 뿐 우린 모두 죽는다. 그러고 보니 할머니의 마지막은 꼭 태어난 아기처럼 대변도 가리지 못하고 누군가 옆에서 지키고 있지 않으면 언제 무슨 일이 벌어질지 몰라 손이 자주 갔다. 묵묵히 그 곁을 지키던 나의 부모님은 우리도 이렇게 늙는다고 우리도 이렇게 가는 거라고 우리도 이렇게 부모가 보살펴 키웠고 그래도 우리는 너희들에게 짐이 되지 않게 가야 한다고 자주 다짐하는 모습에 그런 소리를 왜 하냐고 나는 성만 낼 줄 알았다. 누군가 아이를 낳고 자신이 아니면 아무것도 할 수 없는 아이를 보다 갑자기 돌아가신 부모님 생각에 아이를 끌어안고 엉엉 울어버렸다는 얘기를 듣고 사실 나는 아이를 낳아본 적 없지만 어떤 마음인지 알 것 같았다. 나를 늘 업고 다니던 내게 가장 큰 사람이던 부모님이 점점 나이가 들고 점점 작아지더니 자식의 등에 업혀 아기의 모습이 된 그림책을 보고 무너진 것 같은 마음일 거다. 언젠가 우린 모두 죽는다는 말 대신 다시 돌아간다는 말이 위로가 된다면, 우리는 또 언제 어떤 모습으로 다시 만나게 될지 모르니 그 언젠가를 위해서 보다 우리가 곁에 있는 지금을 위해서 더 열심히 사랑을 쓰고 시간을 쓰고 살자는 다짐을 한다.

내가 글을 쓰는 이유도 그 연장선에 있다. 나 혼자 잘 살고 행복하고 싶지 않아서, 모두가 그랬으면 해서.

막다른 이별 앞에

생각 없이 보던 TV 프로그램에서 하루 돌보던 강아지들을 주인에게 돌려주며 오열하는 아이들을 보다가 웬 눈물이 그렇게 흐르는지 당황스러웠다. 아이도 동물도 싫어하진 않지만 아주 애정 하지도 않는 내가 이별을 모르고 신나게 웃다 주인이 다가오면서 이상한 예감에 얼굴이 굳어지더니 결국은 울음이 터지고 그래도 소용없단 걸 체념한 아이들은 소리를 지르고 도움을 청하다 결국엔 강아지들의 목줄을 잡고 이게 진짜일 리 없다고 말해달라는 간절한 눈빛을 주인에게 보낸다. 주인이 돌아서자 그 눈빛들은 갈 곳을 잃고 이리저리 둘러봐도 이 상황을 납득시켜주는 사람도 도와줄 사람도 없다는 걸 온전히 이별은 내 몫이란 걸 그 어린 나이에 이해할 수 있을까.

언젠가 종일 울다 잠들고 밥 먹다가도 울컥, 코미디 영화를 보다가도 울고, 멀쩡하게 살다가도 한 번씩 몰려오는 서러움엔 친구의 위로도 맛있는 음식도 갖고 싶던 물건을 사도 다 소용이 없다. 사람이 떠난 허한 자리는 사람으로 다시 채운다고도 하지만 막상 코앞에 닥친 그리움엔 재간이 없다. 그렇게 너무 오래 붙잡고 우는 내가 미친 건가 싶었을 때가 있었다. 나만 이상하다고 생각했고 그 이후의 시간을 또 쓰고 있는 나를 오히려 자책하며 상처를 더 곪게 만드는 것 같아 그만두려 한 적도 있다. 돌아보니 내가 잃은 건 사람만이 아니라 그 사람과 함께한 내 시간과 시절도 함께였다. 마냥 좋다가 이유 없이 뺏긴 기분이고 내가 충분히 이해할만한 납득할만한 설명도 없이 이별이라고 하면 그런가보다 왜 내 손만 놓으라고 모두가 다그치는 것 같은 기분, 이럴 거면 내게 왜 그런 시간들을 준 거냐고 막상 막다른 골목에 와보니 좋았던 순간들보다 왜 지금이 끝이냐고 분하고 서운한 마음이 앞섰다.

그렇게 시를 쓰면서 내게 이별에 앞서 과분할 정도로 좋았던 사람과 사랑과 시절들이 있었다는 걸 자연스럽게 마주하고서야 이 이별이 슬픈 건 어쩌면 너무나도 당연했고, 사람을 잊고 시간을 지우는 대신 그 시절을 혼자 지키는 일이 가끔 서럽고 가끔 외롭고 가끔 눈물이 나도 그렇게 내게 가장 좋았던 순간을 떼어내고 살기 위해 부지런히 울어야 했음을. 떼를 쓰고 울고불고 더는 쓸데없다고 해도 이 시간을 기억하기 위해 쓸 때는 이때뿐이라고 더 울어도 괜찮다고 당연한 거라고 말해주는 내 시가 있어 괜찮은 시간들이었다. 당황스러운 건 눈물이 아니라 이별은 누구에게나 수십 번은 반복해도 늘 어렵고 서툴고 당황스러운 게 당연한 거라고 그 말이 듣고 싶었던 것 같아 이제는 누구에게도 말할 수 있을 것 같다.

아주 많이 사랑했는데, 이 정도는 울어도 되는 거라고.

시인에게 뮤즈가 없다면

시인에게 뮤즈가 없다면. 내가 잘해서 내가 잘 써서 그런 글은 없다고 생각한다. 알게 모르게 내게 다녀가 기꺼이 뮤즈가 되어준 분들이 머릿속에 스쳐간다. 제주 여행길에 책방에서 만난 내 책 덕분에 힘을 내어 걸었다는 분과 또는 내가 사랑했던 사람과 내 가장 친한 친구, 나의 가족, 얼굴은 모르지만 정성껏 사연을 적어 보내준 감사하게도 팬이라고 해주신 분, 친구 소개로 알게 돼 내 책을 다 사봤다는 고마운 분과 참가비와 소중한 시간까지 내어 워크숍에 참여해 함께 시를 쓰고 얘기 나눈 분들, 반짝이는 눈으로 내 멋없는 강연을 들으며 작가가 꿈이라던 중학생 친구, 내 책에 사인을 받기 위해 먼 길을 왔다는 수제 쿠키까지 선물해주고 가신 분까지도. 내 시간 속으로 들어와 내 시가 되어준 나의 뮤즈에게. 나를 말할 때 떼어놓고 쓸 수 없는 소중한 기억들이다.

환절기

봄의 코앞에서
벌써 졸립다

나른한 오후
커피 한 잔에도
무거워지던 눈을
결국 감아버렸다

인기척에
아주 잠깐 잠든 사이
그 사람이 다녀갔음을
그 정도는 알 수 있는
감정 같은 게 간지럽다

환절기라 그렇지
온몸 구석구석이
온 마음 다했던 한구석이

티 나지 않게
긁어도 보고 두드려도 보고
약을 찾긴 쉽지만
이 계절 가는 동안만이라도
견뎌 보려해 길지 않을 시간

변하는 건 순간이다

5장

보이는 게 전부가 아닐 때

아이를 낳고 자식을 키워봐야 부모 마음을 안다고 했는데 난 아직 멀었고, 엄마와 같은 장사를 하게 되면서 여자로서의 삶은 좀 돌아보게 되었다. 회사 다닐 적엔 매일 밤마다 내일 입을 옷을 골라 놓고 그 좋아하는 옷을 자주 사고 자주 입었다. 장사를 하면서 직원 없이 혼자 뛰다 보니 그럴듯한 옷을 빼입고 포스 앞에만 있을 수 없는 게 현실이니 바쁠 땐 커피도 튀고 얼음도 퍼야 하고 움직이기 편한 옷이 최고다. 옷 사러 가서 예쁜 옷을 보다가도 일할 때 입기 불편하겠지 이런 옷은 주말에나 입겠지 그러다 또 자연스럽게 작업복만 한가득이다. 한 계절이 다 가도록 입지 못한 옷들을 보다 텅 빈 엄마의 옷장에 시선이 간다. 엄마가 옷을 별로 좋아하지 않는다고 생각했다. 백화점에 가서 고르라고 해도 시큰둥하고 동네 보세 옷 가게서 만날 티셔츠나 한 장 살까 말까 좋은 옷 좀 입으라고 자식 유세하며 다그친 적도 많았는데 엄마는 늘 손에 물 묻히는 사람이라 남의 옷 만지는 사람이라 매니큐어도 한번 못 바르고 모르는 사람들은 엄마의 행색을 보고 늘 불쌍하다 했다. 딸로서 여자로서 그런 말을 듣는 게 싫었는데 지금은 오히려 엄마가 예쁘게 좀 입고 연애도 좀 하고 꾸미라고 잔소리면 나는 일하는데 그게 무슨 소용이냐며 엄마가 했던 말들을 하고 엄마가 여자로서 포기하고 살아온 삶의 무게가 내게도 고스란히 전해져 뭉친 어깨만큼 아프고 무겁다 마음이.

무섭기도 하다. 엄마가 살아온 삶을 따라가다 보면 마주하게 될 장면들에 나는 미리 눈을 감아버리고 자신이 없다. 그렇게 살기 싫었는데 나는 엄마처럼 모든 걸 당연하게 희생하고 살지 않을 거라 했는데 아직 자식 키워보지도 못한 내가 겨우 이 정도로 앓는 소리를 하니, 누가 보면 우습겠지만 누가 뭐래도 나는 부끄럽지 않게 살고 있다. 겉으로 보이는 건 전부가 아니었다. 오늘의 내 모습이 이런들 어때, 그게 내 삶의 전부가 아닌데.

가끔 커피수기와 같이 커가는 나를 보면 자식 키우는 게 이런 걸까 싶다. 다 그때가 있는 것처럼 지금은 지금의 내가 가장 애틋하고 예쁘다.

발신제한

잘 지내냐고 굳이 숨겨 보낸 메시지에 굳이 잘 지낸다는 답이 왔을 때, 이미 정해진 답을 들으려고 내달린 마음이 서러워 서둘러 온 너의 안녕이 소름 끼치게 좋지는 않은 내 마음이 나도 좀 별로였다. 우습지, 발신자 없는 문자가 오가는 와중에도 우리는 서로를 찾아내 이미 없는 자리에 전하고 싶은 게 뭔지. 그게 진심은 아닐 거라고.

걱정인형

파주에 올 일이 생겨 이른 저녁을 먹으러 헤이리 예술마을에 왔다. 식당으로 가는 길목에 한 상점에서 눈에 띈 건 걱정인형이었다. 사실 팻말을 보고서 과테말라 인디언들이 머리맡에 두고 자면 아침에 걱정이 사라진다는 것에서 유래된 걱정인형이란 걸 처음 알았다. 이름이 참, 나만큼 촌스러우면서도 솔직하다.

나는 종교도 없고 나 자신만 믿는다는 신념으로 미신 같은 것도 믿지 않는다. 그런데 걱정인형은 보고 있는 것만으로 순수하게 즐거운 느낌이랄까. 설마 인형들이 내 걱정을 가져가 줄려고, 그보다 종교든 미신이든 바람을 담아 비는 것에 의미를 두는 게 아닐까 싶다. 조금이라도 더 나아지기 위해서. 너무 과한 믿음만 아니라면 이 정도는 귀엽다고 생각했다. 옷도 헤어스타일도 성별도 다른 인형들 중에 노란 체크 원피스를 입고 양갈래로 땋은 여자 인형과 청색 멜빵바지에 모자를 눌러쓴 남자 인형 하나씩을 골라왔다. 조금만 걱정할 일이 있거나 예민해지면 먹은 게 다 체하고 마음이 불편하면 말투나 표정에서도 감추지 못하고 다 드러내는 편이라 늘 손해 보는 쪽은 결국 나 자신이다. 좋게 포장하면 가식 없다지만 너무 솔직한 게 때론 누군가에게 불편한 일이 될 수 있고 내 근심과 걱정을 반강제로 나눠 쥐여주는 것 같을 때가 있다. 그 걱정을 이제 걱정인형 둘과 나눠보려 한다. 쌓이고 쌓인 말들이 모나게 엉뚱한 데서 터지기 전에 자기 전에 한 가지라도 털어놓고 잠들면 아침에 좀 가벼워지지 않을까. 갑자기 더 친근해진다. 감기 기운이 있어 기분까지 가라앉는데 내일 씩씩하게 털고 일어나 출근하도록 잘 부탁해, 아니 잘 해볼게.

내일 일은 내일 걱정하라는 듯, 두 인형은 마주 보고 말없이 미소 짓고 있다.

태풍이 지나가고

너무 힘이 셌던 태풍이 지나간 자리마다 상처와 고통뿐이었다. 하루 종일 뉴스에서도 거리에서도 그 얘기뿐이었다. 조용히 지나가 주길 그 바람을 비웃듯 점점 더 몸집을 키우던 태풍은 거리를 애타는 마음을 헤집고 쏜살같이 달아나버렸다. 아무 일 없었다는 듯 무슨 일 있었냐는 듯 가라앉은 거리는 무심했다.

한 장면이 사라지고 다음 장면이 대기라도 하고 있는 것처럼 태풍은 사라지고 습했던 공기는 차가웠다. 조용히 무심히 차갑게 변해버린 말투에 가슴이 무너지던 그 날처럼. 모두가 대비한다고 떠들어댔지만, 막상 눈앞에 닥친 태풍에 아무것도 할 수 없어 바라만 본다. 날아가는 지붕을 잡으려던 할머니는 그 바람에 떠밀려 영영 돌아올 수 없게 되었다는 소식, 힘없이 등 떠밀려 차도에 쓰러진 노인과 가로수, 그 밖에도 말도 안 되는 허무한 이별과 상황 앞에 우리는 그저 입술을 깨물고 한숨을 짓고 쓸쓸해진 내 두 팔을 포개어 단단히 잡는 일 말고는 내 힘으론 별 수 없다는 것만 깨닫고 마음을 닫는 일 말고는.

그 와중에 내 일이 아니라서 다행이라는 이기적인 마음 안에서도 당장 내일이라도 내게 일어날 수 있는 당연한 일임을 깨닫고도 마음을 쉽게 내어주지 못하는 약한 사람이다. 자연은 그랬고 자연스럽게 닥치는 이별도 힘이 너무 세서 나는 점점 더 약해지고 약점이 된 것처럼 분했지만 어쩔 수 없는 일이란 걸 깨닫는 순간은 그때마다 상처와 고통이 따랐다. 무심히 흘러가는 동안에도 무심해지기까지 그 시간을 통과하는 길목에서 나는 자주 무너지고 부서지고 쓰러지고 여러 날을 고쳐 썼다. 누군가에겐 아무렇지 않게 보였을지 모르겠지만 내가 되면 내 하늘이 무너지는 일일 수도 있었다.

촌스러운 사람

서울 촌사람이라 바다만 보면 그렇게 애틋하고 좋을 수가 없다. 바닷가에 사는 지인은 살아보면 그냥 그래, 서울이나 여기나 사람 사는데 다 똑같다고 하지만. 별것도 없이 그냥 마주하는 것만으로 별의별 감정이 파도처럼 무섭게 밀려오지만 결국 내 발끝에 닿는 부서진 파도는 다 별거 아니었다는 듯 잔잔하게 쓸어주는 기분이랄까. 서울에서처럼 말도 생각도 마음도 복잡할 것 없이 이 끝도 보이지 않는 바다 앞에선 아무것도 아닌 듯 시선 두는 곳마다 거기서 거기, 삶도 그렇다는 빤한 진리를 그냥 있는 그대로 보여준다. 피곤한 주입식이 아니라 그냥 내가 느끼게 해주는 것.

어릴 땐 사진 찍느라 바빴는데 서른이 넘어가니 오랜만에 바다에 오면 걷고 또 걷고 자꾸 걷는 버릇이 생겼다. 귀찮게 여겼던 일들이 당연하게 그랬던 일들이 이 빤한 바다가 들려주는 얘기에 집중하다 보면 이 넓은 바다에 오롯이 혼자인 것 같은 나에게만 집중하고 있다는 걸 깨닫는 순간이 있다. 사계절 바다가 변하는 모습을 나는 다 보지 못한다. 매일 보고 살면 정떨어질 때도 있을 것이고 아름답지 않은 모습도 초라한 모습도 시시때때로 무수히 많은 상황 앞에 내가 보는 지금의 바다가 바다의 전부는 아닐

거니까. 아름다운 모습만 기억하려는 게 아니다. 내가 글을 쓰는 일도 그렇다. 사람들이 간혹 굳이 이런 얘기까지 쓰냐고 하지만 이런 나도 그런 나도 내가 싫다고 버릴 수 없는 시절이다. 나에게 집중하고 포장하려 애쓰지 않고 나를 있는 그대로 받아 적는 일이 내가 하는 일이다. 한 번씩 찾는 바다를 보면 더 솔직해지는 서울 촌사람이다.

내가 듣고 싶던 말

따뜻하게 입고 다녀
밥 잘 챙겨 먹고
가시 발라 줄게
회충약 먹으러 가자
야간근무에 편지 쓸게
보고 싶다
내일 보자

힘 빼고 말할 수 있던
몸에 밴 말들이
이렇게 힘주어 힘들게
입을 떼야 할 만큼
그리운 것들이 되었을 때

너도

엄마, 엄마

서울에선 비가 왔는데 충청도에 도착하니 거짓말처럼 날이 개었다. 늘 그랬다. 충청도로 가는 길은 누군가 지켜주는 것처럼 안전했다. 서울에서 부대끼며 체한 마음도 여기에 오면 거짓말처럼 풀리고 편해진다. 외할미 손은 약손 하며 내 배를 쓸어주던 그 마음이 배속까지 따뜻하게 전해진다. 내가 왔다고, 천지사방 할미꽃이다. 어디를 둘러봐도 익숙한 마중에 가슴이 벅차다. 벌써 눈시울이 붉어진 엄마의 뒤를 조용히 따른다. 딸로서 엄마의 걸음이 얼마나 무거울지 무거워 우는지, 엄마가 곁에 있는 나는 모른다. 어린 나이에 돈 벌러 엄마를 홀로 시골에 두고 떠나며 서울로 내려오는 내내 울었다는 엄마, 딸, 여자로서 그 마음을 다 가진 나는 헤아릴 재간이 없다. 그저 카네이션과 국화꽃 다발을 한 손에 꼭 쥐고 엄마의 손을 꼭 쥐고 걷는다. 그렇게 울던 서울을 뒤로 하고 환하게 웃어주는 엄마의 엄마 품으로. 엄마 손은 약손이니까. 나도 씩씩하게 걸어가 볼게.

기
억

기억은 희미해지기도 하지만 더 선명해질 때도 있다. 내 기억은 늘 그렇게 한발 물러서 있다 뒤늦게 문득 찾아오곤 했다. 원래 기억이란 게 자신을 지키기 위해 편리한 대로 편집되기도 하고 타인에게 해가 되지 않는 선에선 자기 좋을 대로 기억하는 법이다. 혹시나 내 기억이 다르게 기억 돼 그 사람에게 해가 되지 않을까 싶었다. 뒤늦게 알았다, 이제 내가 그 사람에게 해가 될 만큼 우리의 인연이 닿아있지도 않고 궁금해하지도 않는다는 것을. 영영 떠나버린 할머니도 내 기억 속에나 선명하지, 나 혼자 즐겁다 나 혼자 후회하고 나 혼자 그립고 그렇게 나 홀로 남은 자리만 돌아보고 돌아볼 뿐이다. 할머니는 더는 이 세상을 그리워하지도 궁금해하지도 않는다. 살아가는 사람의 몫이다. 이제 내 오해든 사과든 이미 다른 세상에 살고 있는 사람에겐 아무 의미가 없을 거였다. 그래도 내 마음을 뒤늦게라도 전하고 싶어 적었다. 적어도 나는 내 몫을 다해 살아야 하고 써야 한다고 생각했다. 이제 나를 모르는 사람들이 대신해 읽고 공감해주기도 하고 위로해주기도 한다. 그렇게 너는 너대로 살라고 기억은 한발 물러서 나를 배려하고 있는지도 모른다. 그래도 너는 너대로 쓰라고, 종이 위에 더 선명하게 떠 오른다.

내가 더 좋았다

언제와도 따뜻한 곳이 있고 언제 봐도 좋은 사람, 언제 들어도 언제 먹어도 좋은 노래 음식 누구에게나 그런 게 있을 거다. 할머니가 잠들어있는 산이 그렇고 고등어 가시 발라 밥 위에 얹어주던 그 사람이 좋았고 이소라의 목소리, 엄마의 돼지고기 김치찌개 너무 특별할 게 없는데 아름다운 풍경과 사람과 사물과 사연과 사랑이 그렇다. 와있는데도 그립고 보고 있는데도 애틋해 들으면 들을수록 목이 메어 따라 부르다 놓친 가사 말, 먹을수록 더 깊어지는 맛, 언젠가 사라질 이미 사라진 것들에 설레는 마음을 담았다 정을 떼고 눈부시고 눈물겹고 그런 하루가 또 지나간다. 언젠가 내가 쓴 문장 속에나 있을 그리운 것에 오늘도 최선을 다해 온 마음 더해 빌 게 되는 바람으로 내가 더 좋았다고 쓴다.

십오년 지기

언제 봐도
그때 같지

사는 거리도 멀어지고
불러지는 이름도 다르고

이제 사는 모습도
사진으로 보고
잠깐의 통화에
급하게 쏟아낸 각자의 안부는
잘 전해지지 못하고 맴돈다

몇 년 만에 만남에도
우리만 변한 게 없다 하지만
우리가 기억하는 추억은
너무 오래되 했던 얘기만 또 하고

생각 없이 웃다가도
지난 시간들이 웃게 해준
우리 사이에 그리움만
쌓이고 또 쌓이는 동안

변하지 않는 이름

흐르는 물처럼

한참 점심시간 시작될 즈음, 주문은 밀려드는데 커피 머신 밑으로 물이 흥건하다. 또, 막혔다. 처음은 여러 번 세상 무너지는 줄 알고 좌절하게 만들었던 배수는 이제 간단하게 뚫을 줄은 알게 되었지만, 하필 왜 이 바쁜 시간에 막혀서 물을 빼고 호스를 뚫어야 하는데 손님은 줄어들기는커녕 점점 줄이 길어지고 내 속은 타고 물은 줄줄 새기 시작한다. 커피는 계속 내려야 하고 이 더운 날 여기까지 찾아온 손님들을 기다리게 할 수도 돌려보낼 수도 없어 점점 양이 많아지는 물을 대충 수건으로 닦아내며 이미 정신은 다 흩어져 기분마저 가라앉는다. 어제까지만 해도 한가했는데 괜히 바쁜 것마저 탓하고 누구의 잘못도 아닌데 자꾸 자책하게 되고 표정을 숨길 수 없다. 결국 잠깐의 틈에 서둘러 호스를 뚫고 물을 닦아내고 대충 정리하고 나니 손님도 거짓말처럼 뚝 끊겼다. 온 신경이 모아진 뒷골이 당기고 아직 반나절 장사에 온 힘이 다 빠지고 만다. 이래서 새삼 세상 쉬운 게 없고 내 마음 같지 않다는 걸 뼈저리게 느낀다.

늘 적당했으면 싶지만 인생도 장사도 그런 건 없다. 바쁠 땐 너무 바쁘고 한가할 땐 너무 한가하고 꼭 일이 터지면 한꺼번에 몰아치다가 고요할 땐 이런 적막이 없다. 이래서 사람 마음까지 간사해져 바쁠 땐 쉬고 싶다가 한가하면 손님 없어 시무룩하다 적당히 골고루 공평한 건 그저 희망이다. 그때그때 맞춰 나 스스로의 마음을 적당히 골고루 공평하게 나눠 가져야 하는데 아직 나는 그 정도의 내공은 모자란 것 같다. 엄마는 삼십 년 넘게 장사를 했고 나보다 더 많은 날을 살아오면서 이 정도 사건 사고는 아무것도 아니라며 그때마다 조급해 말고 이미 벌어진 일 차근차근 풀어나가라고 하지만 성격 급한 나는 늘 먼저 흥분하고 가끔 내 기분을 나도 어쩌지 못해 끙끙만 댄다. 늘 좋고 쉬운 것만 있으면 그것 또한 공평한 게 아니라며 힘든 일도 겪고 이런 것도 겪어봐야 배우는 거 아니겠냐며 처음엔 이런 일도 엄청 크게 생각했는데 지금은 물이 새는 것만 봐도 배수가 막혔다는 것도 알고 호스를 뚫으면 괜찮아질 것도 알지 않냐면서 뭐가 걱정이냐고 엄마가 묻는데 순간 날 섰던 마음이 수그러들면서 아무 말도 못 하겠는 거다. 누구나 살아가면서 배우고 또 치이고 그러다 또 익숙해지고 여전히 어려운 건 어려운 대로 좀 더 나아지기 위해서 나아가는 것이라는 생각이 들었다. 지금 당장 한 번에 완벽해지는 건 욕심이지 당연한 게 아니었다. 장사를 3년을 한 나도 30년을 한 엄마도 여전히 배우고 있는 건 똑같다. 세월이 쌓여 조금 더 유연해지는 거지 사람인데 늘 어렵고 무서운 건 똑같은 마음일 거다. 그래도 내 곁에 든든한 가족이고 선배인 부모님이 있어 오늘도 힘들었다, 다독이고 웃어넘길 수 있는 별일이 아니었음에 감사한다.

우리의 삶이 물처럼 자연스럽게 흘러가는데 막힐 수도 있고 거꾸로 역류할 수도 있다, 막힌 건 뚫어주면 그만이고 우리의 삶이 멈춘 게 아니니까 다시 잘 흘러가도록 스스로에게 유연해지는 것이 최선이다.

내게 남은 한줄

아직도 기다려요? 그렇게 묻는 아는 동생 앞에서 수줍게 웃어버렸다. 누군지 몰라도 되게 든든하겠네. 나는,

"왜? 연락도 안 하는데? 내가 기다리는 것도 모르는데?"

"나 같으면 몰라도 그냥 나를 그렇게 생각해주는 사람이 있다는 것만으로도 든든할 것 같은데."

그렇게 말해줘서 눈물 나게 고마웠다. 그 사람이 와준 것처럼. 나를 위해 절대로 오지 않을 사람이란 걸 알면서도 내가 기다리는 걸 원한 적 없을 사람이라서 내가 이러는 게 해가 될까 그래도 모르는데 무슨 상관이냐며 그와 다른 세상을 살고 있는데. 그래도 가끔 바랐던 것 같다. 힘이 될지는 모르겠지만 내가 많이 바랐던 건 네가 돌아오는 꿈이 아니라 네가 나보다 더 안녕하길. 너는 모르겠지만 나는 덕분에 내 꿈을 이루고 사는데 너의 존재와 부재만으로도 내 글 한 편이 완성될 만큼 나는 가진 게 많은 사람인데 늘 부족하다 망설이고 미안함이 먼저였던 너에게 나는 그만큼 채워주지 못한 것 같아. 그래도 늘 웃던 너에게 눈물 많은 나는 너에게 또 죄책감으로 남았을까, 이제 내게 남은 한 줄은 아낌없이 너를 위해 쓰려고 해.

나의 아부지에게

아부지는 엄살이 늘었다
병원에 가도 이상 없다는데
아부지는 하루걸러 하루마다
여기가 아프다 저기가 아프다
얼마 남지 않은 것 같다는
말도 안 되는 말까지
아무렇지 않게 하곤 했다
버릇처럼 하루 일과처럼
툭툭 내뱉는 말마다 그랬다
하루 종일 병에 관한 방송을
넋이 나가 보다가
이게 좋다고 저게 좋다고
몸에 좋다는 걸 사가지고 와
먹기도 하고
시골로 가야겠다고
마음의 짐을 몇 번 쌌다 풀었다

나도 이제 서른 중반
한 살 한 살 먹는 게 무섭기도 하고
예쁜 옷을 보다가도 얼마 못 입겠지
이제 더 나이 들면 이런 시는 못쓰겠지
그런 생각부터 앞서 우울하기도 하다
그런 와중에 아부지는 어땠을까 싶다

더 무서운 만큼 어린아이처럼
엄살을 부린 걸지도 모른다
같이 나이를 먹고 시간을 까먹고 있지만
내가 아부지의 젊음을 모르듯
늙어가는 아부지의 마음까지 따라갈 수도
상상해볼 수도 없고 아무것도 할 수 없다

드라마에서처럼 시계라도 돌려서
내 젊음을 팔아 아부지의 젊음을 돌려줄 수도
그런 기회가 온데도 내가 할 수 있을까
나는 갑자기 나이 들어버린 내 모습을
감당하며 살 수 있을까
이렇게 무기력한 내 삶을
아부지는 부러워 무기력해지고
나는 그런 아부지를 보며 열심히 살아야지
싶다가도 나 역시 무섭다

내 시간과 아부지의 시간은 나란한 듯 보이지만
전혀 다른 속도와 체감으로 앞으로만 가고 있다
서로 손잡는 것만으로 함께 할 수 없는 시간들이
무섭다고 쓰다가 아프다고 쓰다가
그래서 더 행복하게 보내자고 쓰다가
다 지워버리고 아부지 줄 생강차나 끓인다

6장

가장 좋은 순간

큰아버지가 시한부 선고를 받고부터 아부지는 자신의 건강에 대한 염려가 나날이 늘어났다. 할머니가 돌아가시고 아부지는 죽음에 대한 얘기를 하루걸러 하고 오빠는 그즈음부터 매일 붙어 일하는 시간을 빼고는 엄마 아빠가 가보지 못한 곳을 보여준다고 서울 시내든 근교든 지방이든 해외든 여행 계획을 세우기 바빴다. 평생 농사일에, 허리 수술에, 다리 수술에 못 본새 부쩍 쇠약해진 이모는 부축하려는 엄마의 손을 뿌리치며 아직은 할머니 취급 말라고 말해 엄마는 조금 당황했다고 한다. 이제 쉬어도 되는 엄마, 아부지는 조금 더 일해 벌어놓는 만큼 우리가 더 풍족할 거라 하지만 모르겠다. 암 덩어리가 배속 가득 차 더는 수술도 어렵다는 큰아버지는 아무것도 먹지 못해 비쩍 마른 몸으로도 더는 병원 신세가 어쩌면 자식 신세를 지기 싫어 빈집으로 돌아간다고 했다. 홀로. 엄마, 아부지가 훗날 내가 혼자 남을까 결혼을 잔소리하는 마음도 어릴 적엔 시집간다는 생각만으로도 눈물이 난다더니 이제 내가 혼자 남을까 걱정하는 나이가 되고 보니, 쓸쓸하다.

나만 나이 먹는단 생각에 서러웠는데 내가 사랑하는 사람들 그 사람의 사람들까지도 나보다 먼저 이별한다는 생각만으로도 없던 불면의 밤이 하루걸러 찾아온다. 죽음처럼, 이제 이별은 며칠 눈물바람으로 잊혀 질게 아니라 멀고 묵직한 것이 되어버렸다. 함께 있는 지금이 가장 풍족한 마음인데 모두가 떠나고 남은 게 내가 쓸 돈인지 시간인지 남은 사람은 또 그 남은 시간을 열심히 쓰며 살아야 된다지만 모르겠다, 아마도 그때에 나는 단 한 자도 쓰지 못할 것 같다. 함께한 시간을 다 쓰고 내가 더 할 말도 하고 싶은 말도 없을 것 같아서.

지금 가장 많이 쓰고 있다는 건 내 생애 가장 좋은 순간일 수도 있다.

나를 부를 때

낮은 낮대로의 색이 있고 밤은 밤대로의 색이 있다. 바다의 경계선은 더 그럴듯하다. 파란 하늘과 파란 바다의 연장선, 붉은 하늘과 파란 바다의 연장선, 짙은 남색과 검은 바다의 연장선이 그렇다. 그 사이사이에도 무수히 많은 시간을 다녀가는 색은 어쩌면 한 단어로 단정 지을 수 없는 알 수 없는 색이거나 이름 모를 색일 수도 있다. 내가 아는 것이 보이는 것이 전부가 아니란 거다. 누군가 바다의 색이라 해서 그 색을 정확하게 안다고 말할 수 없는 것처럼 나란 사람도 나의 삶도 나의 색도 무수히 변하는 시간 앞에 남도 나도 분명하게 선을 그을 수 없다. 그 연장선에서 누군가 맞을 수도 다를 수도 있다, 그렇다 해서 바다를 다르게 부르는 사람은 없듯이 나도 그럴 것이다. 나는 그대로 나다.

입장 바꿔 생각해

공항에 오면 새삼 떠나는 사람과 남겨진 사람이 공존하는 공기에 취해 어느 쪽이 더 슬플까 의미 없는 물음을 던진다. 나 역시 떠나보기도 남겨지기도 했지만, 어느 쪽이든 각각의 상황과 사연이 있으니 나눌 수 없는 일임을 안다. 앞으로도 나는 살아가면서 떠날 수도 남겨질 수도 있다. 내 상황은 앞으로 사는 동안 수없이 변할 수 있고 움직일 수 있다. 언젠가 나는 변하지 않는 사람처럼 글에 쓰고 노력해서 될 일처럼 착각하며 살기도 했다. 장사를 시작하면서 늘 손님이던 내가 입장이 바뀌고 늘 막내이던 내가 이제 동생들이 생기고 글만 쓸 줄 알던 내가 커피를 만들고 그렇게 내 입장은 언제든 정리되고 바뀔 수 있는 거였다. 장사를 하다 보면 누군가는 살면서 절대 입장 바꿔 생각해볼 일이 없을 것처럼 말하는데 속으론 좀 안타깝고 그렇다.

"재네 집은 세탁소라며?" 이유 없이 잘못 없이 부잣집 친구 엄마에게 따가운 시선을 받고 무시를 받던 초등학교 시절이 지나고 우리는 집을 장만했고 옆집 반지하에 이사 오는 그 친구의 엄마를 만나 인사했을 때 정작 본인은 무슨 잘못이라도 한 사람처럼 숨는 걸 보고 아마도 그때 인생은 정말 모르는 거다 싶었는지도. 우리는 언제든 그 입장이 될 수 있다. 그게 잘못은 아니지만 언제 어디서 어떤 모습으로 만나도 부끄럽지 않게는 살아야 하지 않을까. 나 역시 매일 반성하며 살고 매일 다른 입장으로 살고 어쩔 수 없는 약한 사람이라 잊지 않으려 쓰면서도 꾹꾹 눌러 담는 게 전부지만.

괜히 앓는 밤

몸살 기운이 약하게 느껴져 테라플루 나이트타임 한 잔을 끓여 마시고 누운 일요일 밤. 내일이 월요일이 아니었다면 참았을 밤. 온몸에 열이 퍼지는 것 같은 느낌은 괜히 없던 열이 오르고 약 먹으면 더 아픈 것 같은 느낌은 뭘까, 월요일 전야제 주말 끝 꾀병, 그냥 그런 투정 부리고 싶은 날이 있다. 잠이 오지 않아 뒤척이다 날씨를 보니 내일 비가 온다네, 몸살 기운이 아니라 비님 오신다고 미리 앓는 소리였나 보다. 나이 먹을수록 비가 온다는 전날은 기막히게 몸이 반응한다. 막상 비가 내리고 나면 아무것도 아닌 긴장한 몸은 풀어져 마음까지 너덜너덜해지고.

예방이란 게 실은 마음먹기에 달린 것일지도 몰라. 요즘 같으면 내일 비가 오지 않을 수도 있으니 크게 마음 쓰지 말고 잠들고 일어나 내 눈앞에 보이는 상황에 몸을 맡길 것. 월요일이란 사실은 변하지 않아, 비는 올 수도 아닐 수도 있고 그렇게 너 하나에 모든 걸 걸고 끙끙대지 않아도 미리 내가 뭘 어쩔 수 있었을지 모른다는 생각에 아프지 말 것. 오늘은 일요일 밤, 이미 자정이 넘어 월요일이 되어버린 사이 떠난 시간에 비가 올 것 같아 네가 올 것 같아 괜히 앓는 밤. 생각하면 더 그리울 것 같아 졸린 약에 기대 잠든 약한 나란 사람.

나의 오른팔

한쪽 팔이 무너져 내린 느낌이 이런 걸까. 오른팔이 힘없이 주저앉던 날 응급실에 누운 엄마를 보고 우리도 바닥에 주저앉았다. 뇌경색 전조증상을 피곤해서 익숙해서 말없이 견디고 무시한 대가는 어마어마했다. 워낙 일을 많이 했으니까 안 아픈 게 이상한 거라며 밤마다 오른팔에 파스를 덕지덕지 붙이던 엄마를 보면서 병원 가, 그 소리가 제일 쉬웠고 나 역시 그렇게 엄마에게 무뎌져 무너지는 순간을 바로잡지 못했다.

벌써 장사를 시작한 지도 삼 년이다. 처음엔 아침에 일어나 감각 없는 오른팔과 손가락에 힘을 주어 폈다 접었다, 주로 오른팔만 쓰고 안 쓰던 근육을 쓰는 일이 쉽지 않았다. 헬스장에서 인바디 검사 때도 내 몸에 근육량은 아주 미미했다. 그렇게 아프다 말다 무뎌지다 오른쪽 목부터 어깨 팔까지 조금만 움직여도 신경이 찌릿찌릿하더니 결국엔 또 터질 게 터지고 만다. 하필 날이 좋은 봄날 아이스 주문은 밀려들고 말 안 듣는 오른팔이 서러워 가장 바쁜 점심시간에 눈물이 터졌다. 회사 다닐 적엔 솔직히 이 정도의 책임감보다 조금만 몸이 안 좋아도 휴가니 연차니 반차니 선택할 수 있는 가지 수가 많았는데 지금은 그냥 참아, 버텨, 내게 해줄 수 있는 말이 그

두 가지다. 오빠랑 농담처럼 그 정도로 팔 안 떨어진다고 그랬지만 오늘 같은 날은 아픈 팔 만큼이나 아픈 마음이 말을 듣지 않는다. 오빠가 조금 더 바쁘게 이리 뛰고 저리 뛰고 뒤에서 아무것도 도와줄 수 없는 엄마랑 아부지도 마음 아프긴 마찬가지다. 엄마가 대신 얼음이라도 퍼 주냐는 말에 못된 성질만 부리고 도망가고 싶지만, 주문은 밀려들고 입구는 이미 손님들로 가득 차다. 눈은 벌겋게 울 준비가 되었는데 주문을 받아야 하고 얼음을 퍼야 하고 커피를 갈고 떨어진 재료를 채워야 하고 내 손이 가지 않고 할 수 있는 일이 없다. 마감하고 집으로 가는 길에야 중얼중얼 힘들다고 오른쪽 팔을 부축하는지 위로하는지 긴장이 풀린 밤엔 점점 더 조여오고 쑤셔대는 팔을 이렇게 저렇게 하지 못하고 참았던 눈물이 터진다. 하필 이 와중에 엄마의 오른팔이 더 했을 텐데, 그 생각에 아픈 것도 죄 같고 나만 나약한 거 같고 엄마가 지나가듯 아파, 했던 그 짧은 마디마디에 통증이 이제 내 가슴까지 전해온다.

참다 참다 정형외과를 찾았더니 근육이 뭉쳐 목부터 어깨 팔까지 다 이어지는 거라며 결국은 팔을 계속 쓰다 보면 어쩔 수 없다는 얘기가 너무 빤해서 헛웃음이 나오다 지금까지 내가 엄마에게 했던 말도 별다를 게 없어 가게로 돌아와 걱정하는 엄마에게 괜찮데, 하고는 밤새 이리 눕지도 못하고 저리 눕지도 못하고 일어나 앉았다 엎드렸다 잠을 설치며 혼자 견디는 밤,

그 무수한 밤을 별수 없이 보냈을 나의 엄마가 뒤에 있어 나는 또 한참을 이겨내다 무너지다 아무 일 없듯 돌아와 있겠지.

눈이 부시게

너무 울어 끝내 돌린 얼굴에도
왔나, 하고 반갑게 눈 맞추고
먼저 손잡아 쓸어내리며
누구냐고 금방 묻는 듯 잊은 듯
해서

돌아보고 또 돌아봐도
여전히 후회는 남아
자꾸 기억하려 해도
이제 하루걸러 또 며칠 몇 달을
우습게 보내고서야
드라마 한편에 무너지고 운다

그래서
달라진 건 없다

여전히 먼저 손 내밀기 머뭇하고
내내 앞에 있다 지나간 뒤에야
속에 말들은 종이 위에 울고
잊지 말자 해놓고
오랜만에 펼친 시 한 편에
시간만 겉도는 삶을
우습게 보내고 있다

할머니가 보고 싶은 건
곁에 없어서
보고 싶을 땐 곁에 없을 때
이보다 우스운 게 또 있을까

말하지 못한
속 깊은 기억을 꺼내보니
누구의 잘못도 아니다,
부러 상처 낸 가슴을 쓸어주며
괜찮다 말해주는 눈부신 날들에
당신이 있어줘서 고맙습니다

진심

어버이날이 얼마 남지 않은 주말에 오빠 부부와 엄마, 아빠와 함께 천호동 단골 꽃집으로 갔다. 엄마는 카네이션은 금방 죽어 아깝다며 사지 말라 길래 그럼 오늘은 엄마 좋아하는 화분으로 사고 싶은 거 다 사라고 했다. 엄마는 그 어느 때보다 신이 난 얼굴로 화분을 고른다. 밖에서 그 모습을 보며 기다리고 있는데 대목이라 일손 도우러 온 꽃집 아들이 말을 건다. 참 보기 좋다며. 가족이 다 같이 오는 일이 흔할 것 같지만 드물다고. 꽃집 사장님은 엄마, 아빠를 보면 자신도 예전에 고생했던 생각이 나서 정이 간다고 비슷한 처지였던 터라 이렇게 자식들이 꽃 사준다고 며느리도 딸도 다 같이 온 걸 보니 그래도 고생한 보람이 있을 거라며 웃으신다. 그리고 사장님 아들은 우리가 세탁소를 했고 어릴 땐 세탁소 작은 방에 모여 살았다는 얘기를 듣고 자신도 어릴 적엔 이하우스 골방에서 모여 살았다며 묻지도 않는데 자신은 부모님을 지금도 가장 존경한다고 말하는 그 모습이 어찌나 보기 좋은지. 낯가리는 내가 처음 보는 사람하고는 말도 잘 못 섞는데 서로의 존경하는 부모님 얘기를 하다 보니 오래전에 알던 사람처럼 편해지는 거다.

눈앞에 카네이션 때문인가 보기만 해도 기분 좋은

초록 식물과 색색이 아름다운 꽃들 속에 있어서일까, 아마도 가장 아름다운 순간은 세상에서 가장 존경하는 엄마 아빠에게 내가 번 돈으로 꽃을 사줄 수 있고 감사할 수 있는 지금. 묻지 않아도 몸에 배어 나오는 말로, 사랑한다고.

이별 앞에

부러 모질게 말했는지 모자라게 보였는지 그냥 횡설수설했지. 네가 알게 모르게 힘주어 붙잡고 있던 구겨진 너의 셔츠 뒷자락이 내 진심이었어. 이 이별 앞에, 뒤돌아보지 않으면 못 보는 진심을 남겨두고 온다는 게 참 우습지. 원래 이별은 앞뒤가 없어 예의도 없고 예상도 못 하고, 그래서 할 말도 다 못하고.

아우라

커피수기를 오픈한지 3년이 넘은 지금 문득 커피를 배우던 첫날이 생각난다. 처음 배우는 모든 것이 그렇겠지만 참 낯설고 서툴고 긴장되고 괜히 주눅들어 잘하던 것도 실수의 연속이고 가끔 재주가 없나 자괴감도 들고 그랬던 것 같다. 테스트 삼아 선생님이자 카페 사장님들이 타이머를 켜고 주문을 하기 시작하면 다 알던 것도 머릿속이 백지가 되면서 레시피도 엉키고 손발도 다 엉키고 혼자선 잘했는데란 생각에 결국엔 내 옆에서 지켜보지 말고 멀리 떨어져 앉아있으면 안 되겠냐고 부탁했더니 "장사 시작하면 손님들이 다 너를 이렇게 지켜보고 있을 텐데 그때마다 보지 말고 물러나 기다리라고 할 수 있겠니."라고 되물었을 때 나는 아무 말도 할 수 없었다. 그러면서 굳어있는 내게 배운 지 얼마 되었다고 지금 나에게 최고의 맛을 만들라고 주문한 게 아니라며, 최선을 다하라고 했다. 때와 장소 그날의 상황과 상관없이 지켜보는 누가 있든 없든 너의 몸에 배어서 그냥 자연스럽게 되는 게 중요한 거라며 우리를 의식하지 말고 너 혼자 해내야 되는 일이라고도 했다.

그땐 그 말이 사실 잘 들리지 않았었는데 지금은 몸에 배다 못해 굳은살이 돼버렸다. 그러고 보면 나는 글을 쓰기 시작하면서도 최고가 되고 싶다거나 그런 꿈은 가진 적 없다. 물론 목표도 중요하고 높을수록 좋을 수도 있지만 낮다고 해서 나쁠 것도 없다고 생각했다. 지금 내 삶에 만족하는 것이 누군가에겐 게으르고 안주하는 것으로 나약하게 보일 수도 있겠지만 그저 최선을 다하고 있는 건지도 모르니까. 3년 넘게 커피를 내리고 만들다 보니 누군가는 내게 처음 볼 때 비하면 이제 선수라고도 하지만 나는 아직 커피의 커 자도 잘 모른다. 글을 쓰는 일도 등단을 했다고 책을 여러 권 만들었다고 다 알지도 못하고 매번 새롭게 만들 때마다 또 배우고 배울 뿐이다.

타인이 나를 지켜보고 부르는 말들은 수없이 다양하다. 그때마다 의식하고 주눅 들고 자책하며 때론 달콤한 말들에 취해 흔들리며 살고 싶지 않다. 언제 어디서든 나는 나다워야 한다. 무슨 일을 해도 몸에 배어 자연스럽게 나오는 아우라가 진정 멋지다고 생각한다. 그것은 포장이나 기교로 되지 않는 내 안에서 내가 가장 즐겁고 최선을 다할 때만 나오는 것이다.

장마

날이 후덥지근하더니 여름의 시작과 함께 병이 나고 말았다. 어김없이 여름이 시작되면 내 사랑이 끝나던 날이 겹치고 겹겹이 쌓인 우리의 시간이 장마처럼 오락가락했다. 아무 일 없이 왔다가 아무 일 없듯이 가버리고 마는 날들의 연속을 지날 적마다 나는 몸과 마음이 동시에 아프고 말았다. 당연하게 오고 가는 계절의 날씨와 감정이 가끔 느긋하다가도 느닷없이 닥쳐와 꼼짝없이 앓아누워야 했다. 그리고 그 시작과 끝엔 어김없이 나는 펜을 들었고 종이 위에 울었다. 어차피 얼마 걸리지 않아 사라질 사건과 사연들에 습이 차고 땀이 차 조금 울 뿐이다. 방울방울 맺힌 기억들이 가슴에 메었다 흐르다 또 한 번 지나가고 있다.

오늘도 무사히

내 삶이 얼마나 정해져 있는지 모르지만, 장수를 바라며 생각해본다면 이제 반의반 정도 온 것 같은데 그 정도 살아보니 하루를 무사히 마치는 것만으로도 얼마나 감사한 일인지를 알겠다. 아무 탈 없이 다툼 없이 미움 없이 사건 사고 없이 너무 별일 없어 심심했을 정도로 무사히 지나간 하루가 그리운 오늘, 맑은 하늘에 구멍이 난 것처럼 예보에도 없던 비가 쏟아졌고 손님이 괜한 시비를 걸어와 기분이 상했고 결국 마지막은 큰 소란으로 마무리를 했다. 누구의 잘못을 떠나 얼굴 붉히는 일만으로도 상처받는다. 해야 할 말을 하고도 요즘처럼 범죄 많은 세상에서 나와 내 가족의 피해가 염려되어 자책하기도 한다. 한 지붕 아래, 같이 일을 하다 보니 웃음도 상처도 전염되어 골고루 같이 나눌 수밖에 없다. 자식으로서 부모로서 각자의 입장에서 또 다르게 울고 웃는다. 그래서 이제 큰 바람 따위, 그저 오늘 하루 무사히 마치게 해달라는 바람뿐이다.

날씨도 내 마음 같지 않고 장사도 그렇고 사람도 그렇고 살다 보면 스치는 수많은 것들이 어쩌면 내 마음 같지 않다. 앞으로의 먼일까지는 모르겠다, 오늘도 무사히. 그 마음을 이제 알 것 같다. 엄마가 아빠가 늘 바라던 마음.

엄마였다

평생 모를 수도 있겠다
다 안다고 착각했는데
평생 모르고 살다
너무 늦게 알아버리면
이미 돌아서 뛰어도
갈 수가 없다면
나는 또 무너지고
때늦은 눈물은 의미 없이
쌓인 눈만큼 무겁고 무서워
평생 쓸고 또 쓸어도
엄마가 내 앞에 먼저와
쓸어준 길을 걷다가
나는 자꾸 돌아보겠지
그저 행복한 기억 속에
엄마였어

너무 흔해서

사랑한다는 말처럼 너무 흔한 것 같아 하지 못한 말들이 의외로 많다는 걸 알았을 땐 이미 늦어버렸을 때가 많다는 걸 알았다. 흔하게 마주하는 일상과 사람과 감정과 사물과 사연들을 더 자주 보고 말하고 쓰자고 마음을 먹었다. 그때그때 지금이 아니면 안 될 것처럼 서두르자고, 그래도 살면서 놓치는 게 수도 없이 많을 텐데.

누군가는 뭐 그런 것까지 다 기억하고 기록하고 피곤하게 산다고도 하지만 다 잊고 산다고 편해지는 것도 아니란 건 사는 동안 깨닫는 순간이 올 거다, 내가 그랬던 것처럼. 내가 까먹고 사는 오늘 이 순간도 언젠가 그리워 애가 타는 시간으로 사라질 거라는 생각만으로도 이렇게 울컥하는데. 뜬금없이 엄마를 부르다, 먼 나라에 있는 친구와 영상통화를 하다, 내 첫 책을 손으로 쓸다가, 사진첩 정리를 하다가 돌아가신 할머니의 웃는 얼굴을 보고, 엄마가 해준 김치찌개를 먹다가, 미싱 앞에 앉아 수선하는 아부지의 등을 보다가, 결혼식 날 입장하는 신랑 오빠를 보고 울음이 터진 건 지금은 너무 흔하게 곁에 있는 이 순간이 언젠가 사라진다고 생각하는 것만으로도 어쩔 줄 모르겠어서다. 이미 사라진 사람과 순간이 너무 많은데 시간을 거꾸로 살 수 없으니 앞으로 더 많은 이별을 해야 하고 더 많은 글로 남을 텐데 여전히 자신 없고 힘들지만 분명 살아가는 동안 힘이 되어주는 내가 사랑하고 나를 사랑해준 사람들을 위해 펜을 놓지 않을 생각이다. 어차피 보내야 할 시간이라면 어느 한순간도 빛나지 않았던 날들이 없었다고 쓸 수 있을 만큼 아끼지 말고 흔하게 만나고 말하고 쓰면서 살아야지. 무엇이든 하시라고.

epilogue

너무 잘 알아서 너무 흔해서 놓치고 살지는 않는지, 그 사소한 사람과 마음과 시간들이 훗날 내가 원해도 다신 쓸 수 없는 문장처럼 잊지 않고 살기를 바라며. 나와 내 가족 내 친구 나를 스치고 간 사람들과 내 글을 읽어준 모두가 행복하게 잘 살기를 바랍니다.

덕분에 《잔잔하게 흘러가는 동안에도》 무사히 마칩니다. 우리의 시간이 잔잔하게 흘러가는 동안에도 흔하게 마주치면 좋겠습니다. 감사합니다.

감상(鑑賞)

체하지 않도록 도와주는 어떤 친구처럼

문보영 (시인)

감상(鑑賞)

체하지 않도록 도와주는 어떤 친구처럼

나는 어렸을 때 밥을 잘 못 먹었다. 흰밥은 잘 먹었는데 김치, 콩나물, 시금치, 고기반찬은 힘들어했다. 그래서 점심시간이 무서웠다. 식판 검사를 통과하지 못할까 봐 불안했기 때문이다. 그런데 구석에서 혼자 천천히 밥을 씹어 먹던 어떤 친구를 보고 있으면 음식에 대한 저항이 아주 조금 줄어들곤 했다. 그래서 밥을 먹을 때, 구석에서 씩씩하고 꿋꿋하게 밥을 먹는 그 아이를 관찰하곤 했다. 이 책은 나에게 그런 친구 같았다. 식판 한가득 담긴 음식을 천천히 꼭꼭 씹어 먹을 수 있도록, 체하지 않도록 도와주는 어떤 친구. 그 아이처럼, 이 책은 하루하루를 버틸 수 있는 힘을 주었다.

글쓰기, 가족, 커피수기, 친구와 이별에 관한 이야기 등 작가는 일상에 베여 있는 잔잔하지만 슬픈 이야기들을 풀어낸다. 부모님이 운영하는 세탁소와 바로 옆에 차린 커피수기에 관한 일화는 훈훈한 가족사를 예상하던 나의 기대와 달리 너무 현실적이고 슬퍼서 자주 먹먹했다.

박혜숙 작가는 옷을 무척 좋아해서 한때 디자인 공부를 했다고 한다. 최선을 다해 모델을 그렸는데, 모두가 그녀의 그림을 보고 웃었다. 일러스트 모델로 본인을 그리는 사람은 그녀뿐이었기 때문이다. 나는 이 일화가 슬프고 아팠다. 왜 내가 나 자신을 그리는 것에 대해 수치심을 느껴야 할까? 내가 나를 그려서 송구스러웠던 순간들이 떠올랐다. 어쩌면 글을 쓰는 사람은 매 순간 자기 자신을 모델로 세워야 하는 수치심에 시달리면서도 동시에 그것을 즐기고 차라리 그것을 업으로 삼는 사람인지도 모르겠다. 그녀는 디자인을 그만뒀다고 하지만, 사실은 글을 통해 '자기 자신을 모델로 그리는 일'을 본격적으로 하게 된 건 아닐까? 8등신 10등신 12등신의 모델 대신, 나 자신에게 입힐 옷을 만들어내는 일. 이 책을 읽으면서 박혜숙 작가가 하고 있는 글쓰기라는 생각이 들었다. 마치, 그녀가 계절에 맞지 않는 옷을 입는 것처럼. "옷이 계절에 맞지 않는다 해도 내 몸에 맞고 어울리면 그뿐"이라는 그녀의 다짐이 다시 떠오른다.

어떤 한 시인에게 한 독자가 '시는 왜 어려운 말을 하나요?'하고 물었다. 그 시인은, 시인은 햇빛에 나가 노는 열 명의 아이들 대신 방 안에 박혀 있는 한 명의 아이를 위해 쓰는 거라고 말했다고 한다. 그렇기 때문에 많은 사람에게 쉽게 이해되지 않을 수 있다고. 하지만 한 명을 위해서 쓰이는 것으로 가치가 있다고. 화려함 대신 잔잔하고 솔직한 이야기로 누군가를 조용히 다독여주는 책.

작은 방 안에 있을 한 아이에게 이 책을 선물하고 싶다.

박혜숙

Park hye sook

누가 시키지 않아도 글을 쓰고 책을 만드는 일을 좋아합니다. 촌스러운 사람이라 삶도 사랑도 아날로그지만, 화려하지 않아도 포장할 줄 몰라도 진심을 다해 살고 사랑합니다. 없는 말 못 하고 있는 마음 다 쓰고 또 써도 잘 잊지 못하지만 오래 기억하는 일이 순간을 기록하는 일이 누군가에게 작은 위로가 되고 내게 큰 응원으로 돌아올 때마다 어떤 사람으로 남아야 할지 쓸 때마다 손에 힘을 주고 또박또박 새기려 합니다. 부모님이 삶으로 보여준 가르침대로 부끄럽게 살지 않으려고 부지런히 다짐하며 오늘을 쓰고 내일 또 잇고 그 너머에 기대되는 사람과 문장 하나로 오래 기억되면 좋겠다고 생각날 때마다 쓰고 있습니다.

박혜숙 독립작품 활동

▼ 독립출판

종이 위에 울다 (2014), 가 시집 (2014), 세컨드 페이지 (2014), 연장선 (2015), 봄날 (2015), 동물원에서 (2015), 집 (2015), 그녀 (2015), 세탁소 (2015), 생각날 때 써 (2016), 고새 (2016), boundary (2016), ME FOR (2017), 종이 한 장 차이 (2017), 촌스러운 사람 (2018), 외투 (2018), 열여섯 편의 수기 (2018), 작은 책방에서 만나 (2020)

BYEOL BIT DEUL

별빛들은 기존의 방식과 형식으로부터 자유로우며 독립적으로 활동하는 문학 작가들과 협업, 그들의 작품을 대중들에게 소개하는 문학 출판사입니다.

별빛들은 독립적으로 문학활동하는 작가와의 협업을 통해 '문학'과 '출판'과의 관계를 유연하게 만들고 엄격한 기준과 검열의 과정 없이도 탄생되고 있는 작가의 예술적 가치를 소개하여 문학의 다양화, 출판의 민주화를 유발하려 합니다. 나아가 다양한 영역에서 독립된 자아실현이 이루어지는 우리 사회를 응원합니다.

별빛들 작품선

잔잔하게 흘러가는 동안에도

초판 1쇄 발행　2019년 11월 22일
개정판 발행　2022년 10월 31일

지은이　박혜숙
펴낸이　이광호
편집　박혜숙, 이광호
디자인　박혜숙, 이광호

펴낸곳　별빛들
출판등록　2016년 8월 10일 제 2016-000022호
전자우편　lgh120@naver.com
홈페이지　www.byeolbitdeul.com

ISBN 979-11-89885-86-1